# Coração Gelado

Universo dos Livros Editora Ltda.
Avenida Ordem e Progresso, 157 - 8º andar - Conj. 803
CEP 01141-030 - Barra Funda - São Paulo/SP
Telefone/Fax: (11) 3392-3336
www.universodoslivros.com.br
e-mail: editor@universodoslivros.com.br
Siga-nos no Twitter: @univdoslivros

Serena Valentino

# Coração Gelado

A história da madrasta da Cinderela

São Paulo
2021

*Cold hearted*

Copyright © 2021 Disney Enterprises, Inc. All rights reserved.
Published by Disney • Hyperion, an imprint of Disney Book Group.

Adaptado parcialmente da animação da Disney *Cinderela*

© 2021 by Universo dos Livros

Todos os direitos reservados e protegidos pela Lei 9.610 de 19/02/1998.

Nenhuma parte deste livro, sem autorização prévia por escrito da editora, poderá ser reproduzida ou transmitida sejam quais forem os meios empregados: eletrônicos, mecânicos, fotográficos, gravação ou quaisquer outros.

Diretor editorial: Luis Matos
Gerente editorial: Marcia Batista
Assistentes editoriais: Letícia Nakamura e Raquel F. Abranches
Tradução: Michelle Gimenes
Preparação: Tássia Carvalho
Revisão: Juliana Gregolin e Alessandra Miranda de Sá
Arte: Renato Klisman
Ilustração da capa: Jeffrey Thomas

Dados Internacionais de Catalogação na Publicação (CIP)
Angélica Ilacqua CRB-8/7057

| | |
|---|---|
| V252c | Valentino, Serena |
| | Coração gelado : a história da madrasta da Cinderela / Serena Valentino ; tradução de Michelle Gimenes. |
| | –– São Paulo : Universo dos Livros, 2021. |
| | 208 p. (Vilões da Disney ; 8) |
| | |
| | ISBN 978-65-5609-122-8 |
| | Título original: *Cold Hearted* |
| | |
| | 1. Literatura infantojuvenil 2. Literatura norte-americana 3. Vilões I. Título II. Gimenes, Michelle |

21-2500 CDD 028.5

*Dedicado a Rich Thomas:*
*Sem o incentivo e a orientação que você e outras pessoas*
*talentosas da Disney me deram todos esses anos, eu jamais*
*teria escrito esta série. Serei eternamente grata a todos vocês.*

# CAPÍTULO I

# O LIVRO DOS
# CONTOS DE FADAS

### As Tremaine

Não muito tempo atrás, mas em uma região um tanto lon-gínqua, embora ainda dentro dos muitos reinos, havia um velho castelo. Esse castelo tinha duas características interes-santes: a primeira e mais importante era que Cinderela, rainha em seu próprio reino, costumava chamar esse lugar esquisito e agourento de lar. A segunda era que o castelo gerava rumores estranhos – diziam ser assombrado por Lady Tremaine e suas duas filhas.

Supostamente, as filhas de Lady Tremaine, Anastácia e Drizela, vagavam pelo castelo em seus vestidos brancos, e diziam que o espectro da mulher era visto conversando com seu amado gato, Lúcifer, para quem ela lamentava a perda de seu grande amor.

Os rumores eram de uma história de fantasma trágica, cheia de tristeza e mentiras. Mas a verdade era bem mais interessan-te. Apesar da aparência espectral, a senhora e as filhas estavam bem vivas, e de fato viviam trancafiadas no velho e decadente castelo, sem esperança de escapar. Veja bem, ao contrário de Cinderela, as irmãs Tremaine não tinham uma fada madrinha que zelasse por elas.

Provavelmente não é preciso falar a respeito do passado de Cinderela, de quando ela ainda não era rainha e morava com as Tremaine. Se você pegou este livro para ler, deve conhecer bem a história de Cinderela; no entanto, caso esteja por fora dos muitos reinos, e, por determinado motivo, nunca tenha ouvido a história de Cinderela, acho melhor contar um pouco sobre a família dela.

Como a maioria das princesas dos muitos reinos, a pobre garota perdeu a mãe ainda muito jovem, e coube ao pai a tarefa de encontrar uma madrasta para que a filha tivesse um lar feliz. Parece que a vida das mães dos muitos reinos é com frequência abreviada, e as madrastas que as substituem são quase sempre criaturas cruéis e egoístas, mas isso é história para outra hora. Poderíamos dizer que havia uma força sobrenatural em ação nos muitos reinos, ou que a culpa era provavelmente dos viúvos e da falta de jeito deles para escolher madrastas. Com base na ideia distorcida e dominante nos contos de fadas, de que todas as madrastas são más, alguém poderia argumentar que esse era o destino de tais mulheres.

O pai de Cinderela não tinha muito em mente além do bem-estar da filha ao escolher a nova esposa. Só queria que fosse uma mulher de boa família, respeitada na comunidade e com um grande dote. Aquela senhora parecia mesmo a escolha perfeita. Era imponente, ainda bela, e o mais importante de tudo: tinha a própria fortuna, que seria dele quando se casassem. Esse era, e continua sendo até hoje, um costume infeliz e antiquado dos muitos reinos: todos os bens de uma mulher passam a pertencer ao marido após o casamento. Isso, porém, não incomodou a senhora. Ela achou o pai da garota muito bonito, com um título de nobreza bem acima do seu, o que presumiu que significava uma fortuna substancial e uma bela casa em que poderia criar as próprias filhas junto à dele.

No entanto, o que a mulher esperava do casamento ia além de coisas de ordem prática. Ela amou de verdade aquele homem e desejou ter uma boa vida ao lado dele, embora não lhe tenha dito nada sobre o assunto durante a corte. Parecia o tipo de homem que queria uma mulher pragmática, e ela era sensata e recatada demais para mencionar essas coisas. A mulher tinha orgulho de seu estoicismo.

Mas logo chegaremos a essa parte da história. Por enquanto, vamos tratar das infelizes filhas da senhora, que definhavam dentro de casa, sob os olhos vigilantes da mãe controladora. A situação chamou a atenção da Rainha Cinderela, que julgou não poder ignorar a triste conjuntura das meias-irmãs.

*Querida Fada Madrinha,*

*Sinto muito em saber que as Terras das Fadas vivem dias de caos e, embora eu não queira incomodá-la em um momento como este, devo lhe escrever sobre um assunto muito importante que tem me atormentado.*

*Minhas meias-irmãs, Anastácia e Drizela, estão numa situação desesperadora e, por razões que você conhece muito bem, não consigo ajudá-las. Se puder deixar as Terras das Fadas um pouquinho de lado, poderia vir aqui quando tiver um tempo? Drizela, Anastácia e eu precisamos de sua ajuda.*

*Atenciosamente,*
*Rainha Cinderela*

A Fada Madrinha manuseou a carta com grande esforço, pois era longa e escrita no pergaminho grosso usado na correspondência real oficial.

— Para ser sincera, não sei o que Cinderela tem na cabeça! O que devemos fazer a respeito de Anastácia e Drizela? As fadas não têm obrigação de ajudar gente da laia delas! — As asas da Fada Madrinha bateram depressa enquanto ela esperava pela resposta da irmã.

Claro que Babá, irmã da Fada Madrinha, não estava prestando atenção nela. Nos últimos tempos, Babá vinha frequentando as Terras das Fadas muito mais do que o normal. Ela passara anos imersa nas próprias aventuras, e só recentemente decidira voltar para ajudar a irmã, quando soubera que as fadas corriam grande perigo. Mas essa é outra história, que dá para encontrar no livro dos contos de fadas. Nesta história, encontramos as irmãs fadas no jardim florido da Fada Madrinha, onde tinham acabado de se sentar para o chá da tarde quando foram interrompidas pela mensagem da rainha.

— Cinderela é responsabilidade sua. Você deve ir vê-la. Ela pediu sua ajuda! — ralhou Babá, lançando à Fada Madrinha um olhar fulminante. A Fada Madrinha sempre achou que a irmã seria uma companhia mais agradável se sorrisse mais. Babá tinha cachos prateados e olhos brilhantes. Era uma mulher pequena, meiga e gordinha, de pele alva e macia feito velino. Sempre que julgava conveniente, usava o fato de ser bem mais velha que a Fada Madrinha a seu favor, inclusive dando ordens a ela.

A Fada Madrinha batia com a varinha mágica no canto da mesa, agitada, enquanto a irmã prosseguia. Elas estavam no *seu* jardim, e Babá a irritava, *como sempre.*

– Não está nem um pouco interessada em saber o que deixou Cinderela tão angustiada? Deve ter acontecido algo terrível a Anastácia e Drizela para deixá-la tão preocupada. E é *sua* obriga-ção ir até Cinderela quando ela a chama. Não é algo que dá para ignorar – disse Babá com o ar de superioridade habitual que a Fada Madrinha detestava cada dia mais, agora que a irmã passava muito tempo nas Terras das Fadas.

A Fada Madrinha ainda se recuperava dos nervos desde a última experiência traumática que tiveram. Haviam sobrevivido a um ataque das Irmãs Esquisitas às Terras das Fadas, e, antes disso, a um ataque da Malévola.

– Aqui estamos nós, tentando recuperar o fôlego após a quase destruição das Terras das Fadas pelas mãos das Irmãs Esquisitas, que são responsabilidade sua, e agora você quer nos arrastar para outra batalha. Não posso voar de um lado para o outro só porque Cinderela está preocupada com as meias-irmãs. Elas não são obrigações nossas – rebateu a Fada Madrinha. Suas mãos tremiam ao se servir de chá para acalmar os nervos. Ela detestava se sentir tão abalada com tudo aquilo, em especial na frente da irmã, mas não conseguia evitar. No instante que recebera a carta de Cinderela com o pedido de ajuda, seu coração acelerara. Agora ela se arrependia de ter contado a notícia a Babá.

– Bem, acho que você não tem escolha! Cinderela pediu sua ajuda e é sua obrigação ajudar! Por que ficou tão abalada com as Tremaine? Elas não têm poderes mágicos, mal podem ser vistas como uma ameaça – argumentou Babá, olhando a irmã de um jeito que a Fada Madrinha odiava.

Ela, então, pigarreou, respirou fundo e falou com a voz mais calma e firme que conseguiu:

– Não vou ajudar Anastácia e Drizela, e esta é a última vez que falo a respeito, Babá. Então, se quiser continuar o chá comigo, gostaria que falasse de outra coisa. O assunto sobre Cinderela e suas meias-irmãs malvadas está encerrado. – A Fada Madrinha bebericou o chá e colocou a xícara com delicadeza sobre o pires, sem tirar os olhos de Babá. – Além disso – continuou –, sei por que está agindo assim. Sente-se culpada por tudo que as Irmãs Esquisitas causaram, sem falar do sacrifício de Circe para impedir que elas destruíssem os muitos reinos.

Babá sentiu como se a Fada Madrinha a tivesse estapeado. Levantou-se de forma abrupta e violenta, gerando um ruído horrível de cadeira arrastada sobre o piso de pedras do jardim da Fada Madrinha.

A Fada Madrinha se sentiu péssima. Sim, sua irmã era irritante, controladora e excêntrica demais para uma fada. (Ela detestava usar as asas, e só fazia isso a contragosto, quando a irmã lhe pedia. A Fada Madrinha não conseguia entender aquilo, já que as asas eram esplêndidas e um direito e privilégio das fadas.)

Mesmo assim, amava Babá e se arrependia de ter tocado num assunto que magoava a irmã.

– Babá! Desculpe! Aonde vai? Eu não devia ter mencionado Circe. Sei que você está sofrendo. Sinto muito! – falou, mas Babá não respondeu, e a Fada Madrinha soube que magoara a irmã, ainda que ela estivesse de costas. As asas de Babá estavam caídas.

A Fada Madrinha sabia que não devia ter mencionado *o desastre*. Era assim que vinha chamando a ocasião. E tinha sido exatamente isso, um desastre. Na opinião da Fada Madrinha, Circe e suas mães, as Irmãs Esquisitas, estavam ótimas no Lugar Intermediário, longe das Terras das Fadas e dos muitos reinos, onde não podiam machucar ninguém. Não era culpa sua se Circe decidira ir além do véu com suas mães, ou voltar à terra dos vivos depois de ter se despedido tristemente de suas terríveis mães. Isso era assunto das bruxas, não das fadas – não era mais problema delas. Contanto que as Terras das Fadas estivessem a salvo e que as Irmãs Esquisitas ficassem o mais longe possível, ela estava satisfeita. Ah, sim, havia um modo de os ancestrais trazê-las de volta se quisessem, mas a Fada Madrinha acreditava que Circe faria a escolha certa. Apesar de todos os defeitos da moça, a Fada Madrinha a considerava corajosa. Afinal, ela havia sacrificado a própria vida para impedir que suas mães destruíssem as Terras das Fadas. Circe tinha salvado os muitos reinos, e as fadas sempre seriam gratas a ela. E a Fada Madrinha sabia que Circe não cometeria o erro de trazer as Irmãs Esquisitas de volta ao mundo. Então, a seu ver, o assunto estava encerrado. Agora precisavam de medidas mais rígidas para garantir que uma coisa como aquela não voltasse a acontecer, mesmo que isso significasse não deixar que as fadas se envolvessem com gente como as Tremaine. Claro que Babá discordava e, como sempre, estava determinada a colocar todo mundo em perigo outra vez.

Ela expressou sua decepção com a Fada Madrinha (sem dúvida ciente do que a outra estava pensando) e virou-se para a irmã.

– Por favor, não mencione mais Circe – pediu Babá. – E não insulte a mim ou a minha inteligência ao usar o nome dela para desviar do assunto. Sabe muito bem que é seu dever de fada ajudar a Rainha Cinderela!

Enquanto Babá falava, a Fada Madrinha foi agitando-se cada vez mais. Batia com a varinha mágica na mesa, soltando faíscas das quais Babá se esquivava.

– Irmã, pare com isso! – ralhou Babá. – Sabe que não tem escolha. Você *deve* ajudar Cinderela. E, por mais que odeie, isso significa que deve ajudar Anastácia e Drizela. Nem acredito que estamos tendo esta discussão. – Babá sentia-se tão brava que agora suas asas estavam bem erguidas.

– Não se atreva a agitar suas asas para mim, Babá! – censurou a Fada Madrinha, ao depositar a xícara de maneira ruidosa sobre o pires, e levando a mão à testa como se a irmã lhe causasse uma terrível dor de cabeça. – Será que posso, *uma vez na vida*, tomar meu chá em paz sem você me encher o saco com essa bobagem de realização de desejos? Daqui a pouco vamos conceder desejos a Anastácia e Drizela!

– Bem, era exatamente isso que eu tinha em mente. – Babá riu ao se levantar da mesa outra vez e se afastar devagar, sem se incomodar em olhar para a irmã, embora ela berrasse às suas costas.

– Não dê as costas para mim! – gritou a Fada Madrinha. – Aonde pensa que vai?

Babá olhou por cima do ombro e sorriu.

– Vou buscar meu espelho mágico. Vamos ver por que Cinderela está tão preocupada.

A Fada Madrinha bateu a varinha com força na mesa e a partiu ao meio com uma explosão de faíscas brilhantes.

– Veja só o que me fez fazer! E agora? Como farei mágica sem minha varinha? O Fazedor de Varinhas vai levar semanas para confeccionar outra para mim – berrou ela, mas a irmã já havia entrado em casa.

Quando Babá retornou, encontrou a Fada Madrinha andando de um lado para o outro, à beira das lágrimas. Babá revirou os olhos. Fez um gesto com a mão e consertou sem esforço a varinha da irmã.

– Pronto. Novinha em folha. Agora sente aí e se acalme. Vamos descobrir por que Cinderela está tão preocupada com as irmãs. – Babá fez um gesto diante do espelho. – Mostre-nos as Tremaine!

– Pare, irmã! – protestou a Fada Madrinha. – Não quero ver aquelas criaturas. Já sabemos tudo que há para saber sobre elas. Além do mais, sei exatamente o que houve. Elas merecem o destino que tiveram por causa de seus feitos à minha Cinderela.

Mesmo assim, Babá olhou no espelho mágico, ignorando a irmã, e ficou chocada com o que viu. O estado de Anastácia e Drizela era deplorável. O castelo estava desmoronando e lotado de gatos. Elas usavam vestidos brancos esfarrapados, e dava para ouvir a voz da Lady Tremaine ao fundo, reclamando de tudo que havia perdido.

– Não me admira que você não quisesse que eu as visse! – exclamou Babá, baixando o espelho. – Temos que fazer algo! É horrível! Por que Cinderela não fez nada para ajudar as irmãs? – Babá estava incrédula.

– Foi impedida por magia. Coloquei um feitiço nas Tremaine e em Cinderela para que nunca mais se encontrassem – informou a Fada Madrinha.

– Quer dizer que as Tremaine estão presas naquela casa? – Babá estava horrorizada e profundamente envergonhada dessa parte da história. – Eu não fazia ideia de que estivessem aprisionadas durante todos esses anos. Se soubesse, teria feito algo a respeito. Ah, a culpa é minha. Não creio que deixei isso acontecer. – Babá agarrava o espelho com tanta força que a Fada Madrinha achou que ela fosse quebrá-lo.

– Pare com isso! Vai se machucar – disse a Fada Madrinha. – Sabe tão bem quanto eu que não havia outro jeito. Lady Tremaine escolheu seu destino, embora tivesse sido advertida.

– Mas podemos remover o encanto para que as pobres garotas saiam de lá e Cinderela as ajude, se quiser, não? Só me sinto arrasada em saber que elas ainda estão lá, depois de todos esses anos.

Na verdade, a Fada Madrinha podia remover o encanto, se quisesse. Mas por que faria isso? Ela havia pensado bem antes de lançar o feitiço, e teve de fazer o que era melhor para a garota sob sua responsabilidade. Era sua obrigação proteger Cinderela, e ela não faria nada que a pusesse em risco, nem agora nem nunca.

– Não farei isso! Não vou acabar com a felicidade de Cinderela! Nem por aquelas garotas terríveis nem por mais ninguém. Anastácia e Drizela fizeram por merecer! – opôs-se a Fada Madrinha, enfrentando a irmã.

Babá era implacável.

– Passei um tempo com elas, irmã; você, não. Fui babá e cuidei daquelas garotas. Não sabe o que elas passaram. E acho terrível que não as tenhamos ajudado quando podíamos. As pobres coitadas não merecem isso!

– Acho que merecem, sim – retrucou a Fada Madrinha, enquanto observava a chegada de suas protegidas, as Três Fadas Boas, que vinham pela alameda e estavam prestes a atravessar o portão. – A lei é clara quando se trata de futuras princesas. Anastácia e Drizela, para não falar de sua tirânica mãe, tiveram sorte de terem sobrevivido.

Babá zombou:

– E como exatamente se determina quem é uma futura princesa e quem não é? Por que Anastácia e Drizela não foram escolhidas para serem futuras princesas? Por que o destino delas foi tão trágico e o de Cinderela tão afortunado?

– A vida de Cinderela não foi nada afortunada! Ela foi torturada pelas Tremaine, e elas tiveram sorte de se safar com tanta facilidade. A maioria dos vilões das histórias tem um destino bem menos agradável. Nem sei bem como deixamos aquelas três escaparem sem punição!

Babá bufou com desdém. No entanto, antes que pudesse responder, as Três Fadas Boas chegaram ao jardim, animadas e bem à vontade, enchendo xícaras de chá e conjurando bolinhos e doces para dividirem entre si.

– O que vocês estavam discutindo com tanta empolgação quando chegamos? – perguntou Primavera, conjurando geleias e mel de sua própria horta. Mas, antes que a Fada Madrinha pudesse responder, Babá tomou a palavra.

– Soubemos que as fadas têm mantido Lady Tremaine e as filhas presas no antigo castelo da Rainha Cinderela – informou Babá, com as asas agitadas de nervosismo. – Isso é muito preocupante, considerando a minha ligação com a família Tremaine. – Babá se remexia no assento, na tentativa de se acomodar. A Fada Madrinha achava engraçado que a irmã, que nascera fada, nunca tivesse se acostumado com as próprias asas.

– Tenha dó! Não é bem assim, irmã! – negou a Fada Madrinha, sentindo-se um pouco culpada ao ouvir a verdade em termos simples.

– Céus! Não podemos ajudar aquelas garotas terríveis! – exclamou Primavera, assustando Fauna e Flora.

– Sinto muito que esteja tão preocupada, Babá, mas a maioria está comigo. Não ajudaremos Anastácia e Drizela. Minhas fadas jamais concederão desejos a demônios, bruxas, madrastas más ou meias-irmãs cruéis! Nunca! Não enquanto eu estiver no comando! – disse a Fada Madrinha, muito orgulhosa de si.

– Não vamos esquecer que você não está no comando das Terras das Fadas, irmã. *Eu estou* – Babá falou com voz firme. – Você deixou o cargo, e Oberon concordou que eu deveria ocupar seu lugar. Agora, vou pedir a Opal que envie uma mensagem a Cinderela, informando que a Fada Madrinha está a caminho a fim de ajudar Anastácia e Drizela. Quer desapontá-la? Ou devo substituí-la e passar a ser a fada madrinha de Cinderela?

As Três Fadas Boas exclamaram:

– Não pode fazer isso!

– Posso, sim! E farei! Decida-se, irmã. Ou você ajuda Cinderela, ou eu a ajudarei! – avisou Babá.

A Fada Madrinha sentiu-se muito magoada pelas ameaças da irmã, mas se manteve firme. Pegou o livro dos contos de fadas, virou as páginas até chegar à história de Lady Tremaine e suas filhas.

– Babá, isso não faz sentido – contra-argumentou ela. – Você conhece a história delas, estava lá. Sabe tão bem quanto eu que Lady Tremaine e as terríveis filhas nem precisaram do incentivo daquelas intrometidas das Irmãs Esquisitas! Elas trataram mal minha pobre Cinderela por livre e espontânea vontade. Está tudo aqui no livro dos contos de fadas que a Branca de Neve nos devolveu depois do *desastre*.

Babá sorriu e a irmã não gostou nada daquilo. Ela sabia que a outra estava tramando algo.

– Está bem, irmã. Vamos ler a história delas. Talvez não haja salvação para Lady Tremaine, mas aposto que até você vai querer ajudar as filhas dela depois de ler a história. Lembre-se de que eu estava lá, e o mais importante: sei como é o seu coração.

Fauna, Flora e Primavera haviam permanecido em silêncio o tempo todo, apenas à espera de testemunhar o que a Fada Madrinha diria. Elas se abismaram com os comentários de Babá e acompanharam boquiabertas toda a conversa.

– Primavera, feche a boca. Vai acabar engolindo uma libélula! – disse a Fada Madrinha. – E faça aparecer uns refrescos.

Então se virou para Fauna:

– Você! Mande uma mensagem para a Fada Azul. Diga a ela que é uma reunião de emergência do Conselho das Fadas, e que ela deve vir de imediato.

Por fim, olhou para Babá.

– Onde está o Rei das Fadas? Acha que ele gostaria de participar da reunião do conselho?

Babá riu, sem dúvida porque a irmã continuava a agir como se ainda estivesse no comando das Terras das Fadas.

– Oberon está no Castelo Morningstar com a Princesa Tulipa, em preparação para mais uma aventura. Mas sei que está ouvindo – garantiu Babá.

A Fada Madrinha sabia que, mesmo que ele não estivesse ouvindo, Babá lhe contaria tudo mais tarde. Ela sabia que os dois estavam mais próximos do que nunca, e isso fez uma onda de raiva percorrer seu corpo; no entanto, tinha de deixar isso de lado por enquanto.

– Tudo bem – cedeu ela. – Assim que a Fada Azul chegar, leremos a história de Lady Tremaine, e *o conselho* decidirá se devemos ajudar Drizela e Anastácia.

– Acho justo – concordou Babá, com um ar suspeito que desagradou a Fada Madrinha. Ela, porém, decidiu que já era uma vitória. Sabia, no fundo do coração, que as fadas jamais concordariam em ajudar Anastácia e Drizela, independentemente da carta que Babá tivesse escondida na manga.

# CAPÍTULO II

# O CONSELHO DAS FADAS

Assim que todos do conselho chegaram, a Fada Madrinha pegou o livro dos contos de fadas.

– Muito bem – pontuou. – Se ninguém faz objeção, lerei a história de Lady Tremaine. Quem sabe assim minha irmã, Babá, pare de me importunar com seus pedidos de ajuda para Anastácia e Drizela, aquelas garotas monstruosas. – Ela deu uma piscadela para o seu trio de fadas prediletas, ciente de que elas não a decepcionariam.

### LADY TREMAINE

Londres pode ser bem longe, mas achamos maneiras de fazer nossa magia ir além dos muitos reinos, adentrando até mesmo salas de estar de damas e cavalheiros desavisados. Pegue Cruella De Vil, por exemplo. Embora sua história tenha sido escrita pela voz dela, quem você acha que a inspirou a escrevê-la?

Esta, no entanto, não é a história de Cruella, e sim de Lady Tremaine.

Lady Tremaine perdeu o marido pouco após o casamento e se viu sozinha com duas filhas pequenas para criar. No entanto, ao contrário da maioria das mulheres nessa situação, Lady Tremaine tinha o futuro garantido. Quando morreu, seu marido, que era um lorde, deixou-lhe grande fortuna. Esse dinheiro, combinado com aquele que já lhe pertencia antes do casamento, fazia dela uma mulher rica.

A senhora da casa tinha tudo que desejava, exceto uma coisa: o verdadeiro amor. Ele havia partido cedo demais. O que ela tinha, no entanto, era uma casa cheia de empregados: babás, governantas, criadas de sala, cozinheiras, um mordomo, copeiros, engraxates, lacaios, ajudantes de cozinha, arrumadeiras, chefe da criadagem e, obviamente, sua criada de quarto, a velha sra. Bramble. Lady Tremaine tratava os empregados bem e com respeito, e insistia que as filhas, Anastácia e Drizela, fizessem o mesmo. A criadagem as adorava. As Tremaine e os empregados viviam de modo confortável em uma bela casa em Londres. A residência estava sempre cheia e agitada, então Lady Tremaine não se sentia tão solitária. Ela adorava dar às filhas a melhor vida possível.

Como a maioria dos aristocratas londrinos, as Tremaine constantemente iam e voltavam do interior feito as aves, indo para cá e para lá conforme ditava a estação. Certo dia fatídico, porém, a senhora estava prestes a embarcar numa viagem, sem saber que aquilo mudaria para sempre o curso de sua vida. Podemos pensar o que teria sido de Lady Tremaine e das filhas se a mulher tivesse decidido não visitar a antiga amiga Lady

Prudence Hackle, mas, quando algo é escrito no livro dos contos de fadas, pouco se pode fazer para mudar o destino de alguém.

Antes do alvoroço da manhã naquele dia, Lady Tremaine sentou-se na sala íntima, descansando um pouco antes que as filhas acordassem ou que as criadas viessem lhe perguntar o que deviam colocar nas malas para a viagem ao interior. A sala íntima tinha sido um dos cômodos prediletos da senhora quando o marido estava vivo. Eles passavam muitos momentos tranquilos ali, tomando café durante a manhã ou drinques depois de jantarem fora, ou apenas sentados apreciando uma boa leitura. Ela sentia falta daqueles dias mais do que nunca e achou que, no silêncio daquela manhã, quase podia perceber a presença do marido ao seu lado.

Era uma sala clara e ensolarada com grandes portas francesas que se abriam para a sacada com uma vista deslumbrante da cidade. Ela adorava os sons da cidade agitada lá embaixo e poderia passar horas enquanto ouvia os músicos tocando na esquina, e sempre garantia que um dos engraxates levasse um dinheiro a eles para agradecer-lhes o entretenimento.

Como quase toda manhã, a senhora foi até a escrivaninha, pegou umas moedas da gaveta e puxou a corda à esquerda da lareira. Era assim que chamava o sr. Avery, funcionário da casa havia anos. Ele estava lá quando o marido da Lady Tremaine ainda era vivo e, de certo modo, a senhora sentia como se ele ocupasse o lugar do falecido. Pelo menos no sentido de estar sempre lá para cuidar dela. Avery era um homem alto, magro e inabalável, com cabelos negros e uma mecha branca do lado esquerdo. No rosto, traços duros, quase como se esculpidos em rocha, e os olhos de um castanho intenso.

– Bom dia, Lady Tremaine – cumprimentou ao entrar na sala, fazendo-a sorrir. Ela sabia que Avery não retribuiria o sorriso. Era austero demais, sério demais e ocupado demais para sorrisos. Lady Tremaine tinha certeza de que, mesmo que a calça de Avery estivesse em chamas, ele não deixaria isso transparecer, caso pudesse evitar. Ele era esse tipo de homem.

– Bom dia, Avery. Pode pedir a um dos engraxates que leve estas moedas para os músicos da esquina? E peça a Daisy que traga meu café.

Avery estreitou os olhos para a senhora, mas não disse nada.

– Você desaprova isso, Avery? – perguntou ela, já sabendo a resposta. Eles já haviam tido conversas como aquela antes, e esse era um dos principais motivos que lhe davam a impressão de que Avery havia tomado o lugar de seu esposo. Ele, como o marido de Lady Tremaine, gostava que as coisas fossem feitas como manda o figurino. E damas não deviam dar dinheiro para músicos que tocam em esquinas.

– Não cabe a mim aprovar ou desaprovar nada, senhora – replicou ele, pegando as moedas e acrescentando: – Ah, Babá Pinch gostaria de saber se pode trazer as garotas para vê-la esta manhã em vez de hoje à tarde.

Lady Tremaine suspirou.

– Ah, sim, sairão para fazer compras esta tarde. Eu tinha esquecido. Claro, claro. Diga a Babá Pinch que as traga, se quiser. Mas, Avery, faça isso só depois do meu café. É provável que você seja a única pessoa com quem suporto falar antes de tomar café – ela disse, rindo.

– Pois não, senhora – respondeu ele, e deixou a sala. A mulher riu sozinha, imaginando se um dia conseguiria fazer aquele homem sorrir. Fazer Avery rir era sua missão pessoal.

Ela pegou o xale rosa do encosto da cadeira, jogou-o sobre os ombros e se sentou no sofá de veludo vermelho. A sala parecia tão triste desde que o marido falecera, havia mais de seis anos, e ela se perguntou por que ainda a usava como sala de estar. Supunha que fosse por hábito. Todas as senhoras que conhecia usavam suas salas íntimas assim. Era nessas salas que as senhoras passavam as manhãs, recebiam os filhos ou os amigos mais chegados. Reuniões maiores obviamente eram realizadas em salas maiores, mas Lady Tremaine não fazia uma reunião grande desde que o esposo se fora.

Agora ela ia a festas na casa dos outros. Recebera inúmeros convites após a morte do marido. Convites bem-intencionados e atenciosos com o propósito de distraí-la de sua tristeza. Mas, depois de tanto tempo, Lady Tremaine começava a sentir saudade de quando era ela quem dava festas, e a sentir falta de alguém que subisse as escadas com ela depois que o último convidado fosse embora, de alguém com quem discutir durante o desjejum os planos para o dia ou para a noite, depois da ópera. Ela se perguntava se já não era hora de pensar em encontrar um novo companheiro. Um novo marido.

Quando acordou naquela manhã, não imaginava que tal pensamento lhe ocorreria, mas, sentada no sofá vermelho da sala, sentiu que talvez estivesse pronta para amar de novo.

CORAÇÃO GELADO

– Ah, Daisy – disse a senhora, fitando a criada pequena de rosto meigo que lhe trouxera o café. Ela era uma garota muito jovem de olhos vivos e traços delicados que fazia Lady Tremaine pensar num camundongo. – Por favor, coloque o café ali. Obrigada, Daisy. – A criada colocou a bandeja de café na mesinha redonda à sua frente. Era o jogo de café favorito de Lady Tremaine, preto com enfeites dourados.

– A cozinheira gostaria de saber se vai querer desjejum hoje, senhora – perguntou Daisy com timidez.

Lady Tremaine riu. A cozinheira, a sra. Prattle, fazia as criadas perguntarem isso toda manhã, sabendo bem qual seria a resposta.

– Por favor, diga à sra. Prattle que mande apenas alguma coisa para as garotas na sala de estudos, se ainda não tiver mandado. E precisaremos de algo para comer no almoço, durante nossa viagem para o interior. – A senhora sorriu para a criada com cara de camundongo.

– Está bem, senhora. Ela já preparou uma cesta de piquenique para a senhora e as garotas. – Então se corrigiu depressa: – Quer dizer, para a srta. Drizela e a srta. Anastácia.

Lady Tremaine se perguntava para que tipo de gente as criadas haviam trabalhado antes de virem para a sua casa. É claro que ela esperava que fossem sensatas, diligentes e respeitosas, mas não fazia questão de formalidades desnecessárias. Pelo menos não quando estivessem a sós. Obviamente, na época que seu esposo era vivo, eles davam festas luxuosas, e ela gostava de mostrar aos amigos, os lordes e as damas, todas as formalidades vez ou outra. E é claro que tinha certa reserva ao falar com os criados das amigas, pois era o esperado. Mas sempre deixava um agradinho para eles quando ia embora. Ela se perguntava se as amigas faziam o mesmo. Perguntava-se se não era tudo encenação. Talvez quando elas estivessem a sós fossem mais sinceras com os empregados. Talvez os tratassem como gente, falassem com eles, perguntassem-lhes como estavam e sorrissem para eles. Ela esperava que sim.

Lady Tremaine se sentia menos solitária com todos aqueles empregados pela casa. Não tinha a ilusão de que fossem seus amigos de verdade, mas não custava nada ser gentil.

– Obrigada, Daisy. Diga a Babá Pinch que já pode trazer as garotas se quiser, a menos que Avery já tenha feito isso. Sei que ele tem que cuidar de outras coisas para a nossa viagem. E, Daisy, pedirei a Avery que programe um pequeno passeio para aqueles que não forem viajar comigo – disse Lady Tremaine.

– Está bem, senhora. – Daisy saiu do quarto sorrindo. Lady Tremaine sabia que um passeio colocaria um sorriso no rosto de Daisy, e era fácil fazê-la sorrir.

Lady Tremaine tomava seu café, imaginando quando suas bagunceiras adentrariam a sala feito um terremoto. Ela amava as filhas, mas as duas davam trabalho e, quanto mais velhas ficavam, mais difícil era domá-las. Ela fora indulgente com as meninas depois da morte do pai. Tinha lhes dado tudo que queriam, havia mimado as duas, arranjado a melhor governanta, levado as filhas em viagens esplêndidas e comprado tudo que desejavam. Se quisessem vestidos novos, ela os comprava. Se pedissem cavalos enquanto estavam no interior, Lady Tremaine dificilmente diria não. Não havia nada que as filhas quisessem e não tivessem, e por isso agora era difícil satisfazê-las. Lady

Tremaine sonhava com o dia em que as filhas se casassem. Ela sonhava com uma vida só para si, ao lado de um homem que amasse. E, se não tivesse a sorte de encontrar o amor verdadeiro duas vezes, ela se contentaria com a solidão.

No entanto, a tranquilidade da manhã foi quebrada assim que ela contemplou seu agradável futuro, como se as filhas tivessem percebido que a mãe estava em paz e relaxada. Avery entrou primeiro, como era costume.

– Senhora, Babá Pinch está aqui com a srta. Anastácia e a srta. Drizela.

Lady Tremaine estremeceu. Não pôde evitar o arrependimento por não ter desfrutado mais alguns instantes preciosos antes de sugerir que elas fossem trazidas.

– Está bem. Faça-as entrar, Avery. – Ela colocou a xícara de café na bandeja e sinalizou que a levasse embora.

Anastácia e Drizela tinham onze e doze anos, respectivamente. Nenhuma delas se parecia com a mãe ou com o pai. As garotas não podiam ser mais diferentes de sua mãe imponente. Embora Lady Tremaine tivesse uma aparência angulosa e severa, era uma mulher muito bonita. As filhas, por outro lado, desengonçadas, eram só braços e pernas, com pescoço desajeitado, cara de ave e olhos saltados. Dariam ótimas bruxas, aquelas duas. Mas essa é outra história, que nunca aconteceu, embora fosse interessante de explorar. Todavia, Lady Tremaine achava as filhas belas e lhes dizia isso sempre que tinha chance.

Naquele dia, as garotas usavam os melhores vestidos, o de Anastácia rosa-pálido e o de Drizela azul-claro. Estavam prontas para um dia de compras com Babá Pinch. Isso daria a Lady

Tremaine a tranquilidade de que precisava para preparar a viagem delas para o interior, e Lady Tremaine sentia-se grata por Babá Pinch ter se oferecido para tirar as garotas de casa por algumas horas enquanto ela fazia os arranjos necessários.

Lady Tremaine adorava Babá Pinch. Era uma mulher sensata, ainda jovem e cheia de energia, algo fundamental para lidar com Anastácia e Drizela. Era uma mulher pequena de olhos e cabelos escuros, com sardas bem visíveis no nariz e nas bochechas, e pouco mais alta do que as garotas. Lady Tremaine ria ao pensar que as filhas um dia seriam mais altas do que a babá.

– Bom dia, meus amores! – saudou ela, sorrindo para as filhas.

Drizela sempre tinha o privilégio de beijar a mãe primeiro, pois era a mais velha.

– Bom dia, mãe – respondeu em tom formal, fazendo a senhora rir. Lady Tremaine imaginou quanto tempo tinham levado para praticar a cena na sala de estudos antes de descerem. Anastácia, no entanto, se atirou nos braços da mãe sem cerimônia.

– Bom dia, mamãe! – falou, quase derrubando a mesinha com o jogo de café.

– Já falamos sobre isso, Anastácia – advertiu Babá Pinch, olhando feio para a garota. – Se você se recusa a se comportar como uma jovem dama, talvez seja melhor ficar no berçário quando formos para o interior.

Os olhos de Zela ficaram ainda maiores do que o normal, e ela deu um beliscão no braço de Anastácia.

– Ai! Mamãe! Veja o que Zela fez!

Babá Pinch separou as garotas depressa.

– Srta. Anastácia, sente-se aqui! – chamou ela, apontando para uma poltrona. – E você, srta. Drizela, sente-se ali! – falou, apontando outra. As poltronas estavam dispostas uma de cada lado de uma mesinha, de frente para Lady Tremaine, que permanecia sentada no sofá de veludo.

– A mãe de vocês não tem tempo para essas bobagens! E ainda dá para mudarmos nossos planos de viagem. Poderíamos ficar aqui enquanto a mãe de vocês vai se divertir e passar um tempo sozinha. – As garotas colocaram as mãos unidas e tensas no colo, sorrindo com doçura. Lady Tremaine notou que faziam sua melhor pose de jovens damas e se segurou para não rir.

– Não será necessário, Babá Pinch. Mas podemos deixar essa opção de reserva caso minhas amadas filhas decidam que férias no interior são demais para elas. – As garotas se remexeram nos assentos; queriam gritar, mas mantinham a compostura. Lady Tremaine sorriu indulgente para as filhas. – Vocês estão lindas hoje. A srta. Pinch me disse que vai levá-las para fazer compras. Vestidos novos para a viagem! Quero que estejam mais bonitas do que nunca e se comportem melhor do que nunca enquanto estivermos no interior, entenderam?

As garotas assentiram.

– Lady Hackle e os filhos, Dicky e Shrimpy, estarão lá – contou Lady Tremaine.

Drizela arregalou os olhos outra vez, fazendo Anastácia rir.

– Drizela tem uma quedinha por Dicky – falou, rindo ainda mais. – Ela vai fazer papel de idiota, mamãe!

Drizela quase saltou por cima da mesinha a fim de dar um tapa no braço da irmã, e com isso derrubou um bibelô de jade no formato de dragão.

– Meninas! Parem com isso já! Ninguém tem uma quedinha por ninguém. E, se não conseguem parar de se comportar feito monstrinhas, ficarão em casa! – ameaçou Lady Tremaine, começando a perder a paciência com as duas.

Drizela colocou as mãos no colo outra vez.

– Por que não posso ter uma quedinha pelo rapaz com quem mamãe quer me ver casada um dia?

Embora a filha tivesse razão (Lady Tremaine e Lady Hackle tinham mesmo planos de casar Tácia com Shrimpy e Zela com Dicky), achava Zela nova demais para pensar em casamento.

– Não vou me casar com alguém chamado Shrimpy! – Tácia torceu o nariz, fazendo a irmã zombar.

– Ninguém vai querer se casar com você mesmo! – gritou Zela.

– Por que quer se casar com alguém chamado Dicky? Também é um nome ridículo! – Tácia provocou.

– Já chega, as duas. – Babá Pinch foi firme, mas calma. – Anastácia, sabe muito bem que eles se chamam Richard e Charles.

Tácia riu outra vez.

– Shrimpy é um apelido bobo para alguém chamado Charles. Não faz sentido. E ele é bem alto. Nem imagino por que ganhou um apelido desses!

– Como sempre, não entendeu a piada – Zela falou com desdém. – O apelido dele é Shrimpy *justamente* porque ele é muito comprido, parece um camarão. É como chamar um homem corpulento de Magrão, ou chamar você de Bela! – acrescentou com um sorriso travesso.

– Você vai ver só! – prometeu Tácia, que saltou do assento e arrancou os laços de fita dos cabelos da irmã.

– Já chega! Parem com isso agora mesmo! – Desta vez não foi Babá Pinch quem interveio, mas Lady Tremaine. As garotas nunca tinham visto a mãe erguer a voz para elas, e isso as fez parar com a palhaçada no mesmo instante e olhar assustadas para ela. – Acho que Babá Pinch tem razão. Decidi que é melhor vocês ficarem em casa. Como podem me acompanhar ao interior se não sabem se comportar feito damas?

As garotas caíram no choro, lamentando-se e implorando para que a mãe as levasse.

– Sinto muito, meninas, mas já fui indulgente demais com vocês, e está na hora de crescerem. Na verdade, a culpa é minha. Estraguei vocês. Mas precisam aprender que suas ações têm consequências. – Lady Tremaine achou que estivesse fazendo o melhor para as garotas, muito acostumadas a terem as vontades atendidas. Ela precisava fazer algo a respeito.

– Mãe, por favor! Não nos deixe sozinhas com Babá Pinch! Por favor. Faz um tempão que não vemos você! – gritou Anastácia.

Mas Lady Tremaine estava resoluta.

– Não, querida. Já tomei minha decisão. Viajarei sem vocês. Estarão em boas mãos com Babá Pinch. Agora, se me derem licença, tenho uma viagem para organizar. Sugiro que subam para a sala de estudos e terminem as lições – recomendou Lady Tremaine, esforçando-se para que as filhas pensassem que de fato pretendia partir sem elas. Na verdade, era apenas uma tentativa de assustá-las para que se comportassem.

– Sala de estudos? Mas, mãe, e nossas compras? E nossos vestidos novos? – guinchou Drizela. As garotas estavam apavoradas.

– Não acredito que esteja fazendo isso com a gente, mamãe! Odeio você! – esbravejou Anastácia, com cara de desgosto.

Lady Tremaine não estava acostumada àquele tipo de discussão com as filhas, e não achou nada fácil. Na verdade, achou exaustivo. Estava lhe dando dor de cabeça, mas ela adotou um ar calmo e distante e sustentou a mentira.

– Não vejo motivo para comprar vestidos novos se não vão viajar. E, considerando que você me odeia, não vejo motivo para levá-la comigo.

Drizela saltou do assento e agarrou as mãos da mãe, implorando:

– Vai mesmo nos deixar em casa, mamãe? Não está nos enganando? Não acredito que fará isso com a gente, suas próprias filhas! As únicas coisas que lhe restaram do papai. Como acha que ele se sentiria se soubesse que está nos tratando mal? O que ele pensaria ao vê-la arruinar minhas chances com o jovem Lorde Hackle?

Lady Tremaine respirou fundo e soltou um suspiro.

– Arruinei foi você. Dei tudo que você queria e é assim que me trata? Tenta me manipular usando a memória do seu querido pai? Vocês eram tão pequenas quando ele morreu, mal o conheceram! Ele acharia o comportamento das duas chocante. E ficaria desapontado comigo por tê-las criado como dois monstrinhos terríveis! Eu queria que esta casa fosse um lar amoroso, um lugar onde as pessoas pudessem demonstrar seus sentimentos. Achei que, se eu tivesse um papel mais ativo em suas vidas, vocês me amariam e me respeitariam. Que não cresceriam magoadas comigo, mas agora percebo sentir mágoa de vocês! Eu devia simplesmente ter deixado que os empregados as criassem. Devia ter limitado meu tempo com vocês a uma hora depois do chá, como todas as damas que conheço fazem. – Ela odiava falar assim com as filhas, mas achava que era para o bem delas. – Tem razão, Zela. Eu estava tentando enganá-las, assustá-las para que pensassem que não as levaria na viagem. Jamais sonharia em ir a qualquer parte sem minhas preciosas filhas, mas no momento mal consigo olhar para vocês! Babá Pinch, leve-as para cima agora, e é lá que elas devem ficar. Entendido?

Drizela e Anastácia choravam e tentavam segurar a mãe, enquanto Babá Pinch agarrava-lhes os braços e tentava tirá-las da sala. Fazer aquilo com as filhas partiu o coração de Lady Tremaine, mas ela estava confusa. Tinha feito tudo errado, e achava que talvez tivesse estragado as filhas para sempre. Suspirou fundo outra vez, pressionou os dedos contra a cabeça dolorida, se recompôs e tentou soar firme:

– Depois subo para me despedir de vocês, garotas. E, Babá Pinch, por favor, deixe as duas sob os cuidados de Daisy. Quero que desça para conversarmos a sós. As coisas vão ser bem diferentes de agora em diante, e temos muito que discutir antes da minha viagem.

Lady Tremaine observou Babá Pinch sair da sala em silêncio acompanhando as meninas. Assim que a porta se fechou atrás delas, a senhora caiu no choro. Nunca tinha sido tão dura com as filhas, mas não sabia mais o que fazer. Elas haviam se tornado indomáveis. Babá Pinch já tentara discutir o assunto, mas ela se recusara a enxergar as filhas como eram. Tinha se recusado a crer que não eram os anjos que sempre achou que fossem. E se perguntava o que o marido acharia dela agora. Não aprovaria as escolhas na criação das filhas, e com certeza não aprovaria a maneira casual como falava com os empregados. Lady Tremaine havia deixado as coisas desandarem após a morte dele.

Embora a tivesse amado e sido sempre gentil com ela durante todo o casamento, sempre fora um homem rígido, que fazia tudo de acordo com as normas, sempre correto e firme, sempre perfeito. Ela o amava por isso e não entendia por que havia mudado tanto depois que ele falecera. Por que se permitira ser tão flexível, por que dera tanta intimidade aos empregados.

Ainda sentada, ela se deu conta de que um tempo no interior sem as filhas era exatamente aquilo de que precisava. Ela precisava de tempo para pensar. Tempo para os amigos, para andar a cavalo e caçar raposas, tempo para jogos bobos sem se preocupar se as filhas iriam envergonhá-la.

Tempo para ser ela mesma de novo.

# CAPÍTULO III

# O VESTIDO

O período no interior da Inglaterra foi exatamente como planejado. Lady Tremaine adorava visitar aqueles lugares antigos. Sempre sabia o que esperar. Havia um cronograma de reuniões, um protocolo; tudo era organizado e era assim que acontecia. Sentia-se aliviada de se livrar da vida caótica que levava em Londres.

Antes de deixar Londres, ela conversou demoradamente com Babá Pinch. A conversa a fez perder o trem que partia mais cedo, mas era necessário deixar claro o que queria.

— Preciso que seja firme com minhas filhas, Babá Pinch. Não quero mais saber desse comportamento insolente. Você tem minha permissão para agir como julgar conveniente. Quero ver uma melhora considerável quando voltar. — Babá Pinch estava feliz demais para reclamar. Mais de uma vez ela havia tocado no assunto, comentara que algo precisava ser feito com relação às garotas. Lady Tremaine esperava que não fosse tarde demais para corrigir as pestinhas.

Coração Gelado

Quando a carruagem de Lady Tremaine parou diante da propriedade de Lady Hackle, a amiga foi recebê-la. Ela estava muito feliz por ter chegado depois de um dia todo de viagem de trem. A distância entre a casa e a estação não era tão grande, mas lhe pareceu uma eternidade após as várias horas no trem, e ela mal podia esperar para ser levada ao quarto, onde poderia se refrescar após a longa viagem. A residência de Lady Hackle era um lugar adorável, grandioso e imponente, adornado com gárgulas e vitrais. O tipo de casa em que se esperava encontrar armaduras, embora esse não fosse o estilo de Lady Hackle.

O lacaio descarregou rápida e silenciosamente os baús de Lady Tremaine, supervisionado de perto pela criada de quarto da mulher, a sra. Bramble. Lady Tremaine herdara a criada de sua mãe. Era uma mulher idosa, irritadiça como o nome sugeria, e sempre pronta a contar as fofocas sobre a criadagem. Seus cabelos eram grisalhos e rebeldes. Em geral, ela não se dava ao trabalho de prendê-los num coque, como era costume na época, mas fez questão de domá-los na visita ao interior. Lady Tremaine já imaginava as histórias deliciosas que ouviria sobre os criados naquela viagem.

– Boa tarde, querida amiga – cumprimentou Lady Hackle, abrindo os braços em sinal de boas-vindas.

– Boa tarde, Prudence – respondeu Lady Tremaine, segurando as mãos da outra e beijando-lhe a bochecha. As mulheres eram amigas havia muitos anos e eram quase como irmãs. Lady Tremaine sempre aguardava ansiosa por tais visitas. Lady Hackle era uma mulher bonita, de cabelos e olhos claros e um nariz arrebitado que Lady Tremaine achava encantador. Algo no rosto da amiga sempre lhe fazia pensar em um coelhinho.

Lady Hackle continuava a encarar a carruagem, esperando ver Anastácia e Drizela.

– Querida, onde estão as meninas? Estão vindo em outra carruagem com Babá Pinch?

Lady Tremaine suspirou.

– Lamento, Prudence, mas elas não estavam muito bem, e achei melhor deixá-las em casa. – Lady Tremaine não gostava de mentir para a velha amiga, mas não tinha forças para falar das filhas naquele momento. Além do mais, o que diria? Que as havia estragado e que agora não era possível corrigir isso? Que ela temia ter de ficar com as duas para sempre, pois tinham virado jovens tão terríveis que ninguém se interessaria em casar com elas? Não. Ela queria descansar e relaxar. O momento em questão era seu e, sinceramente, tudo que ela queria era esquecer aqueles monstrinhos, pelo menos até o fim do dia.

Lady Hackle suspirou.

– Que pena. Os meninos ficarão arrasados, mas não há nada a ser feito. Venha, amiga. Tenho certeza de que Pratt já mostrou à sra. Bramble quais são seus quartos, e imagino que você queira se recompor após a longa viagem.

Elas entraram no grande e imponente saguão. Era de estilo romano, uma sala grande e ampla com colunas de mármore e magníficas estátuas de deuses e deusas dispostas pelo recinto. No centro do salão, uma enorme escadaria se dividia em duas e levava a alas diferentes da casa. Uma criada de rosto meigo as encontrou ao pé da escada.

– Dilly, por favor, mostre a Lady Tremaine o quarto dela, embora eu ouse dizer que ela sabe o caminho – falou Lady Hackle com um sorriso caloroso. E então acrescentou: – Ah, sim, só para lembrar, o gongo soará às seis, indicando que é hora de se vestir, e depois às oito, hora do jantar. Até mais tarde. – E se foi, deixando Lady Tremaine nas hábeis mãos de Dilly.

Lady Tremaine adorava ter horários para seguir outra vez. Ela e o marido faziam tudo em horários preestabelecidos. Mas ela nem se lembrava mais da última vez que Avery soara o gongo do jantar, muito menos o gongo da hora de se vestir. Ela e as filhas nunca se vestiam para o jantar, não depois da morte de Lorde Tremaine. Ela deixara de ver motivos para aquilo. Agora, porém, ela entendia por que o esposo gostava tanto da rotina. Agora percebia que precisava servir de exemplo às garotas, e pretendia retomar a antiga ordem assim que voltasse para casa.

Quando chegou ao seu quarto – o Quarto da Fada, como Lady Hackle o chamava –, encontrou a sra. Bramble desfazendo as malas e arrumando as coisas. Lady Tremaine adorava aquele quarto e geralmente o ocupava nas visitas à amiga. Graças à decoração em tons de púrpura e dourado e ao papel de parede floral, sempre se sentia como se visitasse um jardim de fadas.

– Já está quase tudo fora das malas e guardado, senhora. – A sra. Bramble tinha uma voz que fazia Lady Tremaine pensar em cemitério: baixa, séria e quase agourenta.

– Estou vendo, sra. Bramble. Obrigada – disse Lady Tremaine, observando o quarto. A sra. Bramble já havia separado seu vestido para aquela noite e, de algum modo, encontrara tempo para pedir a uma das criadas que preparasse seu banho.

Os olhos das duas se voltaram para a porta ante o som de alguém batendo. A sra. Bramble foi depressa atender, e abriu apenas uma fresta.

– Olá, Lady Hackle, entre, por favor – falou, abrindo a porta de vez.

– Desculpe pela intromissão, querida Lady Tremaine. Mas eu queria saber o que pretende usar esta noite. Tem vestido o luto há tempo demais.

Ela lançou um olhar para o vestido sobre a cama, que, como esperado, era preto. Lady Hackle obviamente estava brincando, mas tinha razão. Lady Tremaine vinha usando roupas pretas desde a morte do marido e, embora um tempo considerável já tivesse transcorrido, ela ainda não passara ao roxo.

– Amiga, já faz seis anos. Sabe que eu adorava Francis, todos nós, e sentimos muito a falta dele, mas é hora de seguir em frente. Eu não devia lhe dizer isso, mas alguns de nossos velhos amigos estão começando a chamá-la de rainha, como a Rainha Victoria.

Lady Tremaine se surpreendeu.

– Quem anda me chamando assim? – No entanto, tinha de admitir que a amiga estava certa, e concordava que suas roupas eram pesadas e de matrona. Talvez fosse hora de usar roupas menos sóbrias. – Suponho que tenha outra opção de vestido em mente? – perguntou, com um sorriso astuto.

– Na verdade, tenho, sim! – Fazia anos que Lady Tremaine não via um sorriso tão maroto no rosto de Lady Hackle, desde que eram garotas. De repente, sentiu falta daqueles dias, quando as duas ainda estavam na escola, sem nenhuma preocupação além de fazer as mães felizes encontrando o marido perfeito,

Coração Gelado

o que ambas conseguiram, satisfazendo, assim, as respectivas mães, que não podiam ter ficado mais orgulhosas da escolha das filhas. A única coisa que as teria deixado mais satisfeitas era terem se casado com príncipes.

Lorde Francis Tremaine era o sonho de toda mãe. Um homem que tinha bons modos e dinheiro, oriundo de uma das melhores e mais tradicionais famílias da região. Assim também era o marido de Prudence, que todos chamavam de Piggy. Lady Tremaine riu sozinha, quase esquecida do nome dele: Henry. Ela sempre achava divertido como a maioria dos cavalheiros de seu círculo tinha apelidos ridículos. Algumas das damas também tinham, mas felizmente ela nunca tivera um. Não podia se imaginar sendo chamada de Bunny ou qualquer nome inventado nos círculos de amigos que frequentava. E agora começava a temer que todos a chamassem de Vicky, já que a vinham chamando de "a rainha" pelas costas.

Ela percebeu que se esquecera por completo da conversa em curso com Lady Hackle, e agora a criada assumira a tarefa de escolher um vestido. Enquanto Lady Tremaine divagava, a amiga havia trazido um batalhão de criadas, cada uma carregando um vestido diferente, e cada um deles tinha sido descartado pela sra. Bramble.

– Tenha dó! Deve ter pelo menos um que lhe agrade – disse Lady Hackle. – Querida Lady Tremaine, por favor, venha cá e nos dê sua opinião. Afinal, é você quem usará o vestido.

Todos os vestidos cram bonitos, é claro, e seguiam a última tendência em matéria de moda, mas Lady Tremaine não achava que fossem apropriados para ela. Era evidente que a sra. Bramble pensava da mesma forma.

— Que tal o lavanda com detalhes roxos? — Lady Hackle fez um sinal e uma das criadas ergueu o vestido para que Lady Tremaine pudesse vê-lo. — E se minha Rebecca fizesse seu penteado esta noite, só desta vez? Ah, você vai adorá-la, querida. Creio que a sra. Bramble não se importará, não é, sra. Bramble?

Lady Tremaine riu por dentro, pois sabia muito bem que a sra. Bramble se importaria, sim. E se importaria muito.

— Isso é com a patroa — respondeu duramente a sra. Bramble.

No entanto, antes que Lady Tremaine pudesse responder, aproveitou a deixa.

— Maravilha! Mandarei Rebecca vir às seis, para ajudá-la com o penteado. Ah, querida amiga, você ficará linda esta noite. — Ela beijou a bochecha de Lady Tremaine e então deixou o quarto depressa, com uma fila de criadas atrás de si, feito patinhos.

Lady Tremaine sentou-se na cama, exausta.

— Meu Deus! Ela é um furacão, não? — falou, em uma tentativa de desanuviar o clima, esperando que a sra. Bramble não estivesse magoada ou brava com ela. A sra. Bramble apenas ficou lá parada, com cara de quem queria dizer algo, mas decidiu guardar para si. — Ah, vamos — disse Lady Tremaine. — Imagino que esteja brava comigo. Mas sabe como Lady Prudence é. Fica obstinada quando quer algo. Por que não lhe dar esse gosto? E que mal há em usar roxo? Também é uma cor de luto.

A sra. Bramble apenas pegou o vestido preto que havia separado e o pendurou no cabide, sem se pronunciar.

– Vamos, sra. Bramble, não fique brava. Sabe o quanto aprecio o que faz por mim. Só deixarei que Rebecca faça meu penteado para agradar Lady Prudence. – A sra. Bramble continuava em silêncio. Apenas andava de um lado para o outro do quarto movendo os objetos de lugar um milímetro, fingindo estar ocupada. – Sra. Bramble, insisto que me diga o que está pensando! – disse Lady Tremaine, começando a perder a paciência.

A sra. Bramble pegou o vestido que Lady Hackle havia trazido e o pendurou do lado de fora do guarda-roupa.

– Sabe o que ela está tramando, não? Há um cavalheiro que ela quer lhe apresentar. Não se fala de outra coisa lá embaixo. Toda essa festa foi planejada para que ela pudesse arranjar esse encontro e, tenho que dizer, senhora, não aprovo tal coisa. – A sra. Bramble tinha liberdade para falar assim com Lady Tremaine porque trabalhava para a família desde que Lady Tremaine era criança. Mas esta se perguntava como a sra. Bramble reagiria se soubesse de seu plano de assumir as rédeas da própria vida. Ela sabia que Avery embarcaria de pronto, era um homem que sabia seguir instruções, mas como a sra. Bramble lidaria com a situação?

Lady Tremaine percebeu que a sra. Bramble continuara falando enquanto ela se perdia em seus pensamentos. Ainda tagarelava sobre o homem misterioso que Lady Hackle queria lhe apresentar.

– Ninguém ouviu falar dele. Não é da região. Dizem que é um membro da realeza de uma terra distante e que está em busca de uma esposa.

Lady Tremaine estava intrigada, mas não deixou transparecer.

— E o que houve com sua antiga esposa? – perguntou, à procura de amenizar o clima.

— Ela morreu, é claro – contou a sra. Bramble com desdém. – Há umas histórias malucas sobre a região de onde ele vem. É um lugar chamado muitos reinos. Precisa ouvir essas histórias, senhora! Mães que morrem de maneira misteriosa e ainda muito jovens, e então os viúvos as substituem por outras esposas, que também têm um destino terrível. – A sra. Bramble tinha os olhos arregalados e os lábios comprimidos. Lady Tremaine não sabia dizer se a criada estava irritada ou preocupada. Em seus olhos havia preocupação, mas os lábios eram os de alguém em pé de guerra. Talvez fossem ambos. – Não quero ver a senhora ser levada às pressas para uma terra distante onde madrastas são execradas!

Lady Tremaine sabia a razão daquilo. A sra. Bramble fora sua babá, depois criada de quarto de sua mãe, então a via quase como uma filha.

— Bem, não pretendo ser levada às pressas para lugar nenhum, sra. Bramble, e, quanto às histórias que ouviu, devo lembrá-la de como os empregados aqui no interior podem ser tolos e entediados? O que mais eles podem fazer além de inventar histórias malucas sobre lugares que nunca conheceram?

A sra. Bramble riu.

— Eu me atreveria a dizer que eles têm trabalho a fazer – falou, mas Lady Tremaine já devaneava, imaginando que fofocas eram tudo que os empregados tinham para se entreter.

— Bem, já chega dessa bobagem! – Ela estava ficando impaciente e queria encerrar o assunto, mas a sra. Bramble parecia ainda ter mais a dizer. – Desembuche! Sei que pode explodir se não compartilhar o que se passa em sua cabeça, sra. Bramble. – Ela deixou escapar uma risada, porque tudo aquilo começava a ficar ridículo.

– Não é nada engraçado, senhora. Devia ouvir as histórias que contam lá embaixo: madrastas empurradas de penhascos e suas almas aprisionadas em espelhos. A guardiã de uma criança foi atirada de uma torre, e outra foi assassinada por um homem que se casou com sua filha! Os muitos reinos não são um lugar seguro.

Lady Tremaine se perguntou se os empregados não estariam apenas pregando uma peça na pobre sra. Bramble.

– Isso me parece coisa de contos de fadas, sra. Bramble. Aliás, quando teve tempo de ouvir essas histórias? Veio direto para cá a fim de desfazer as malas.

A sra. Bramble tirou um livro de sua grande bolsa.

– Não são contos de fadas, senhora. São histórias de bruxas. Histórias reais registradas por bruxas más que interferem na vida de mulheres desavisadas. – A sra. Bramble parecia desesperada, e ficou claro para Lady Tremaine que havia algo errado com sua criada de quarto. Sim, ela era idosa e às vezes dizia umas maluquices, mas Lady Tremaine nunca a tinha visto tão perturbada.

– Entendo, sra. Bramble – disse, sentindo-se um pouco triste porque temia que talvez estivesse na hora de a sra. Bramble se aposentar. Era evidente que, se precisasse substituir a sra. Bramble, Lady Tremaine providenciaria um chalé onde ela poderia viver a aposentadoria, mas esperava não precisar tomar tal decisão durante o que esperava que fosse sua viagem para se afastar dos problemas de casa.

– Aqui, senhora. Pegue e leia isto aqui. – A sra. Bramble estendeu o livro. – Todos os sinais estão aqui. A senhora é o tipo de mulher que se encaixa nessas histórias. Bonita, rica, gentil e bondosa, e perdeu tragicamente seu esposo cedo demais. Mas algo mudará; a senhora mudará. Não sei se o que causa isso é a região dos muitos reinos ou se são as bruxas, mas algo faz com que as madrastas dessas histórias se tornem pessoas terríveis. E não apenas as madrastas; qualquer pessoa em cuja vida as bruxas decidam interferir.

Lady Tremaine suspirou.

– E o que a faz achar que essas bruxas vão querer interferir na minha vida, querida sra. Bramble? O que elas sabem sobre mim, já que moro em Londres, bem longe dos muitos reinos? O que essas bruxas poderiam querer com Lady Tremaine?

A sra. Bramble deu uma risada alta, quase como se ela própria fosse uma bruxa.

– Como é que vou saber o que se passa no coração e na mente das bruxas? São criaturas desprezíveis, e não vou deixar que a minha patroa seja arrastada para a história delas!

Lady Tremaine notou que a agitação da sra. Bramble crescia e que ela estava prestes a dizer mais alguma coisa, mas aquela conversa a cansara, e decidiu que seria melhor se a velha criada pensasse que ela acreditava naquilo.

– Obrigada, sra. Bramble. Lerei o livro, mas insisto que fique o restante da noite descansando em seu quarto. Entendido? A senhora está muito tensa e, por mais que eu aprecie sua devoção e seus cuidados, não posso deixar que fique esgotada.

A sra. Bramble tentou protestar.

– Mas o que fará esta noite, senhora? Quem irá ajudá-la a se vestir?

Lady Tremaine suspirou. A velha criada parecia ter se esquecido de Rebecca.

– Suponho que Rebecca possa me ajudar, só esta noite, enquanto a senhora tem um merecido descanso. Podemos planejar suas férias assim que voltarmos a Londres. O que acha? Tem alguém que gostaria de visitar? Faz tempo que não vê sua irmã.

A sra. Bramble continuava agarrada ao livro, segurando-o com tanta força que Lady Tremaine achou que talvez seus velhos dedos fossem se quebrar.

– Passe o livro para cá, sra. Bramble. Prometo que o lerei. Pense em um destino para onde gostaria de ir em suas férias, e cuidarei de tudo. – Lady Tremaine puxou a corda ao lado da lareira para chamar uma criada, que apareceu em instantes. Lady Tremaine adorou ver como Lady Hackle gerenciava a criadagem com eficiência.

– Olá, querida – disse Lady Tremaine. – Poderia levar a sra. Bramble para o quarto dela e pedir para alguém lhe levar chá e, mais tarde, o jantar numa bandeja? Ela não está se sentindo bem.

– Não quero atrapalhar nem dar mais trabalho ao cozinheiro e aos outros empregados – reclamou a sra. Bramble. – Eles já estão bem ocupados com a festa desta noite.

– Bobagem – disse Lady Tremaine. – Eles não se incomodam, não é, querida?

A empregada sorriu.

– Não é incômodo algum – falou, sendo gentil com a velha criada. – Venha, sra. Bramble, vou lhe mostrar seu quarto.

Ver a sra. Bramble deixando o quarto com a jovem empregada a fez parecer ainda mais velha aos olhos de Lady Tremaine. Ela não percebera como a criada tinha envelhecido e, de repente, sentiu-se idiota por não ter notado isso antes.

– Descanse, sra. Bramble. Ficarei muito desapontada se souber que não fez isso.

A sra. Bramble deu um sorriso tímido à patroa.

– Pode deixar, senhora. Não se preocupe com a velha sra. Bramble. Estarei nova em folha amanhã. Não se esqueça do que eu disse.

Lady Tremaine sorriu para a criada.

– Não me esquecerei. Agora vá, e não saia da cama até estar totalmente recuperada – falou, enquanto as duas mulheres deixavam o aposento.

Assim que saíram, Lady Tremaine tocou o sino para chamar outra criada, e sentou-se na cama com um suspiro. Ela viajara ao interior para relaxar, não para lidar com bobagens como aquelas. Então pensou em como estariam Anastácia e Drizela, mas, antes que pudesse se levantar para escrever às filhas, ouviu alguém batendo à porta.

– Entre. – Desta vez era uma garota alta e magricela de braços e pernas compridos. – Olá. Poderia avisar à Lady Hackle que precisarei da ajuda de Rebecca para me vestir esta noite? Obrigada, querida.

A jovem criada assentiu e saiu depressa do quarto, murmurando algo. Lady Tremaine balançou a cabeça. Percebeu que o gongo da hora de vestir já soara enquanto ela conversava com a sra. Bramble, e agora parecia que ela iria se atrasar.

*Talvez seja melhor eu não impressionar o cavalheiro das terras perigosas*, ela pensou, rindo sozinha.

# CAPÍTULO IV

# O MISTERIOSO SIR RICHARD

Lady Tremaine nem precisava ter se preocupado com chegar atrasada ao jantar. Rebecca a vestiu e penteou com destreza e rapidez, e ela desceu no horário certo.

Os convidados estavam reunidos em uma sala grande e bonita. Dois lustres de cristal com velas brancas lançavam uma luz agradável em todos, refletindo nas joias e lantejoulas e fazendo tudo brilhar. Lady Tremaine sempre achou as damas desses círculos engraçadas. Para ela, as mulheres pareciam aves exóticas e vibrantes com todo aquele refinamento, em contraste com os cavalheiros de casaca. Lady Tremaine preferia o jeito das aves de verdade: machos com sua plumagem colorida e fêmeas em tons escuros e amarronzados.

Ela se acostumara com as vestes de luto. Não tinha conseguido passar para os tons de roxo até aquela noite, e fizera aquilo só para alegrar a amiga. Então, naquela noite, ela também se sentia como uma das aves fêmeas, cintilante e vistosa, e não sabia bem se gostava daquilo. De repente, sentiu-se muito ousada por vestir roxo. Mas logo pensou que era a cor de transição habitual do preto para aquelas mais vibrantes após um período de luto, e que Lady Hackle provavelmente tinha razão. Já fazia seis anos; *era* hora de seguir em frente.

Lady Tremaine não sabia como agir. Alguns convidados perambulavam pela sala em meio a conversas, enquanto outros formavam pequenos grupos, sentados em poltronas de veludo e namoradeiras, mantendo diálogos animados. A mulher não se sentia ela mesma no vestido que a amiga lhe emprestara. Disse a si mesma que não traía a memória do marido por usar aquela roupa.

Embora o período de luto tivesse acabado fazia tempo, ela ainda sentia que as roupas deveriam refletir sua perda e seu sofrimento. Tentava ignorar a luzinha que lhe dizia que já era hora de amar outra vez, embora isso brilhasse dentro dela feito os cristais cintilantes que decoravam o corpete de seu vestido e o conjunto de colar, brincos e pulseira que Lady Hackle lhe emprestara naquela noite.

Então uma sensação deliciosa a invadiu: de repente, deu-se conta de que era justamente por não se sentir como ela mesma que estava se achando bonita.

Rebecca fizera um penteado impressionante, que combinava perfeitamente com o vestido que Lady Hackle separara para ela usar. Julgou que os cristais do vestido destacavam as mechas prateadas de seus cabelos. Ela não era uma mulher jovem, mas não se sentia velha o bastante para ter tantos fios brancos. Naquela noite, por algum motivo, gostou da aparência dos fios. Achou que lhe conferiam um ar imponente, como se aquele prateado fosse sinal de sabedoria e, talvez, de um coração partido. Eles tinham começado a aparecer desde o falecimento de seu marido.

Ela achou que vários acontecimentos haviam ocorrido desde a morte do esposo. O mais surpreendente, embora não devesse ser, era o fato de as filhas já serem quase moças. Elas pareciam mudar a cada noite, mesmo que, apenas alguns meses atrás, fossem garotinhas correndo pela casa, atormentando a babá, roubando doces na cozinha e se escondendo na despensa para comer as guloseimas.

E então se lembrou das noites em que se sentava com as meninas até que adormecessem, exaustas de tanto chorar pela falta do pai. Anastácia e Drizela haviam derramado tantas lágrimas pelo pai que Lady Tremaine nem pôde derramar as suas. Ela teve de ser forte pelas filhas, e fez tudo que podia para que fossem felizes outra vez. Seu coração doía só de pensar naqueles dias. Ela se perguntou se fora uma boa ideia deixar as garotas em Londres, mas sabia que, se queria lhes ensinar uma lição, não havia outro jeito, embora torcesse para que o fato de as ter deixado em casa não diminuísse as chances delas com os filhos de Lady Hackle.

Ao lançar um olhar pela sala, não viu ninguém que não reconhecesse. Era o grupo usual de lordes e damas, e ela se perguntou se o homem misterioso de quem a sra. Bramble falara tanto de fato existia. Talvez tudo não passasse de fofoca dos empregados. Se é que eles falavam mesmo disso.

E então ela o viu. Parecia totalmente deslocado. Não porque não fosse um cavalheiro ou não estivesse vestido com elegância, mas porque era bonito *demais.* Tinha cabelos escuros e olhos penetrantes, e havia algo nele que o destacava dos outros homens do recinto.

Não havia homens assim em Londres. Ele era perfeito demais, com traços bem delineados, maxilar forte e queixo com covinha. Parecia saído de um conto de fadas. Lady Tremaine não se surpreenderia se o seu nome fosse Príncipe Galante, de tão perfeito que era. Nunca tinha visto um homem bonito com aquele inconfundível encanto de garoto. Mesmo do outro lado da sala, ela notava isso, enquanto ele conversava com Lady Hackle e os dois riam, a amiga totalmente encantada por ele.

Lady Tremaine poderia jurar que estavam falando dela. Então conjecturou se estaria corada, e censurou a si mesma por agir feito uma garotinha tola. Logo se livrou daquela agitação, corrigiu a postura e engoliu o nervosismo. Ela jamais se sentira tão sem controle com relação às próprias emoções, mas conseguiu se recompor bem a tempo de ver Lady Hackle e o homem misterioso atravessarem a sala em sua direção.

– Lady Tremaine – disse Lady Hackle –, eu gostaria de lhe apresentar a Sir Richard. Ele veio dos muitos reinos para nos visitar.

Lady Tremaine sorriu e estendeu a mão.

– Então é o famoso Sir Richard. É um prazer conhecê-lo – falou ela enquanto o cavalheiro lhe beijava a mão.

– Encantado em conhecê-la, Lady Tremaine. – Ele a olhou nos olhos com tanta intensidade que o coração dela bateu mais rápido outra vez.

– Então, me fale sobre os muitos reinos, Sir Richard. Acho interessante que tantos reinos possam coexistir sem qualquer conflito, que tantos reis e rainhas morem perto uns dos outros em paz.

Sir Richard riu.

– Ah, as cortes dos muitos reinos têm seus conflitos locais, mas nunca com reinos vizinhos. Sempre parece haver alguém maldoso causando problemas para um reino ou outro, mas nunca nos nossos. Felizmente, em nosso cantinho dos muitos reinos, temos uma corte pacífica, livre de maldade. Eu gostaria de poder dizer o mesmo sobre nosso reino vizinho; há rumores de haver uma fera ensandecida por lá.

Uma fera! Bem, aquilo decerto era incomum e misterioso. Lady Tremaine queria permanecer na conversa, e sabia que a melhor maneira era seguir fazendo perguntas. De repente, sentiu-se feliz por sua mãe tê-la mandado para uma escola de etiqueta, pois era adepta da arte de se tornar uma dama. No entanto, embora estivesse curiosa para saber mais sobre a fera, não queria que Sir Richard pensasse que estava interessada demais nos aspectos incomuns de sua terra natal.

– E que tipos de conflitos locais há por lá, Sir Richard?

Foi estranho chamar aquele homem pelo primeiro nome, íntimo demais para alguém que ela havia acabado de conhecer, mas já estava enfeitiçada por ele.

– Ah, os de sempre – disse ele, com um sorriso. – Uma velha rainha que mandou matar a filha porque tinha inveja de sua beleza… Os problemas típicos de qualquer reino. – Ele disse aquilo num tom tão casual que Lady Tremaine riu.

– Não chamaria isso de problema típico. Está mais para coisa de contos de fadas – falou.

— Bem, nada desse tipo aconteceu na minha região – explicou Sir Richard. – É um lugar tranquilo. Até agora, nosso reino não entrou no livro dos contos de fadas, e pretendemos continuar assim.

Lady Tremaine achou aquilo algo estranho de se dizer.

— Então esse livro dos contos de fadas é real? Já ouvi falar dele. – Ela não quis mencionar o ataque histérico de sua criada, nem o fato de que agora se perguntava se o livro a que ele se referia seria o mesmo que a sra. Bramble lhe dera.

Sir Richard riu.

— Ah, é real, mas muito exagerado, garanto. Por exemplo, nunca vi essas bruxas que dizem que escreveram o livro. Acho que são pura ficção.

Lady Tremaine sorriu.

— Suponho que essa seja a versão da história dos muitos reinos. Nossa história também é muito exagerada, imagino – falou.

Lady Hackle pigarreou.

— Ora, ora, Lady Tremaine, não deixe que o cavalheiro a ouça dizendo tais bobagens.

Sir Richard riu. E então soou o gongo do jantar, e as damas e os cavalheiros começaram a se unir em pares e a formar uma fila para se dirigirem à sala de jantar.

— Sir Richard, se importaria de acompanhar Lady Tremaine à sala de jantar, já que ambos estão desacompanhados esta noite? – perguntou Lady Hackle com um grande sorriso.

— Seria um prazer – respondeu ele, tomando Lady Tremaine pelo braço. Para a surpresa dela, os dois foram um dos primeiros pares a ir para a sala de jantar, logo após Lorde e Lady Hackle, o que a confundiu um pouco; no entanto, deduziu que o título dele devia ter mais prestígio em sua terra natal do que na dela.

Lady Hackle havia organizado um banquete magnífico. Lady Tremaine sempre a achara uma anfitriã excepcional, mas naquela noite não conseguiu comer quase nada. Estava fascinada por Sir Richard, que lhe parecia mais interessante a cada minuto. Mal havia se lembrado das filhas naquela noite, até Sir Richard lhe perguntar sobre elas.

– Lady Prudence me contou que a senhora tem duas filhas adoráveis – falou ele.

– Sim, Anastácia e Drizela. Elas têm sido a minha razão de viver desde que Lorde Tremaine faleceu. – Ela não viu motivo para mencionar que provavelmente aquele tinha sido o motivo que as transformara em crianças malcriadas e impossíveis, e que fora por isso que deixara as filhas em casa.

– Também tenho uma filha – falou ele. – Elas não são nosso maior tesouro? – O homem a observava com atenção.

Lady Tremaine manteve o rosto impassível, sem querer espantar o homem ao contar histórias sobre suas filhas incontroláveis. Ela se perguntou se seria tarde demais para as garotas, torcendo para que não tivesse arruinado qualquer chance de elas se tornarem as jovens damas que ela e Lorde Tremaine esperavam que fossem.

Qualquer um que ouvisse Sir Richard falar sobre sua filha angelical pensaria que ela era um tesouro, feita pelos deuses com tudo que há de bom e belo, e trazida dos céus para ele. Sir Richard devia tê-la criado bem. Lady Tremaine sentiu inveja, e pensou em como as filhas haviam se comportado mal antes de

## Coração Gelado

sua partida, e que provavelmente ela só sabia de metade de suas malcriações corriqueiras. Decidiu que seria melhor se sentar e conversar com Babá Pinch quando voltasse, para ver o nível de estrago no comportamento delas. Mais do que nunca, ela sentiu que fizera tudo errado depois da morte do marido.

Enquanto permanecia sentada ao lado daquele cavalheiro encantador, percebeu que havia perdido parte de si nos seis anos anteriores. Havia perdido a coragem, a inteligência e o estoicismo. Ela perdera a garra, e decidiu que voltaria a ser como era.

# CAPÍTULO V

## O PRESENTE

Lady Tremaine acordou na manhã seguinte com Rebecca abrindo as cortinas no Quarto das Fadas. Embora detestasse admitir, era uma boa mudança ter Rebecca cuidando dela. A criada era uma jovem feliz, de cabelos ruivos e olhos verdes, baixinha e delicada, quase como uma fada.

– Bom dia, senhora. Trouxe seu café – anunciou Rebecca enquanto prendia as compridas cortinas roxas.

– Obrigada, Rebecca querida. O que Lady Hackle programou para nós hoje?

Rebecca foi até a cama e começou a ajeitar os travesseiros, para que Lady Tremaine tomasse o café sentada ali.

– Os cavalheiros estão no saguão tomando suas bebidas antes de partirem para a caçada – falou.

Lady Tremaine pensou que gostaria de estar lá para ver Sir Richard partir com eles. Imaginou que o homem ficaria elegante em roupas de caçador.

– E as damas? O que farão hoje? – perguntou enquanto Rebecca posicionava a bandeja na cama.

– Os cavalheiros se juntarão às damas para um piquenique à tarde, depois da caçada – respondeu Rebecca.

Lady Tremaine achou ótimo.

– E como está a sra. Bramble? – perguntou, tomando um gole de café. – Você a viu hoje, Rebecca?

– Vi, e foi assim que descobri que a senhora só toma café de manhã – replicou a jovem criada, sorrindo. – Ela parece bem melhor, e está ansiosa para voltar a servi-la, senhora. Mas não sei se está pronta para voltar ao serviço.

Lady Tremaine considerou se deveria mandar a sra. Bramble de volta para casa.

– Diga-lhe que quero que ela continue descansando, isto é, se Lady Prudence permitir que você continue comigo. Não quero deixá-la sem sua criada de quarto.

Rebecca pareceu gostar do comentário.

– Lady Prudence está sendo bem servida. Estou totalmente à sua disposição. A menos que prefira a sra. Bramble – falou, ao pendurar o vestido de Lady Tremaine no guarda-roupa.

A verdade era que Lady Tremaine não preferia a sra. Bramble. Apreciava aquele novo ritmo, sem as filhas e sem os empregados que a conheciam muito bem. Achava que era uma chance de recomeçar, de voltar a ser como antes. Ela se sentia tranquila ao ser servida por Rebecca e pelos outros criados de Lady Hackle. Tudo tinha o nível de intimidade apropriado, sem a familiaridade excessiva que se instalara em sua casa. Ela sentia que cada um sabia qual era seu respectivo lugar, e, com isso, percebeu que ela também havia encontrado o seu.

– Não, Rebecca, a sra. Bramble deve descansar um pouco mais. Acho que ela está bem onde está. Agora, vamos decidir o que usarei no piquenique. Presumo que minha querida amiga Lady Prudence tenha algumas ideias, não? – perguntou em tom zombeteiro.

– Para falar a verdade, ela me deu alguns vestidos para lhe mostrar. Devo trazê-los agora? – Rebecca segurou um longo robe de seda preta com flores rosa para Lady Tremaine usar enquanto escolhesse o traje do dia. – Pedi que uma das criadas subisse para lhe preparar um banho. Por que não damos uma olhada nos vestidos enquanto isso?

Então, uma moça pequena em um uniforme preto e branco de empregada entrou no quarto.

– Rose, prepare um banho para Lady Tremaine. Iremos daqui a pouco – pediu Rebecca.

A moça magra assentiu e dirigiu-se depressa para o banheiro sem dizer nada.

– Não ligue para Rose, senhora, ela é muito tímida – continuou Rebecca. – Acho que todos os vestidos que Lady Prudence separou são bonitos, mas creio que a senhora gostará deste aqui. – Ela ergueu um vestido lavanda e branco para o dia. – E veja só isso! – acrescentou, animada como uma menina, apontando para um par de luvas e chapéu combinando.

– Ah, sim, é lindo. O tom é lindo. – Lady Tremaine correu os dedos pelo tecido. O vestido tinha um tom delicado de lavanda, com detalhes de renda branca na gola, nas mangas e na bainha. O chapéu era branco com flores lilases.

— Achei que gostaria dele — comentou Rebecca enquanto Rose saía do banheiro.

— O banho da senhora está pronto — falou Rose.

— Obrigada, Rose. Por favor, pendure este vestido enquanto ajudo Lady Tremaine. — Rebecca lhe entregou o vestido, e então voltou a atenção para a senhora. — Já ia me esquecendo. A sra. Bramble me pediu para guardar isto para a senhora, mas para não lhe entregar. Mencionou algo a respeito de uma maldição de bruxa, ou de pirata, não sei bem. Em todo caso, julguei que deveria lhe entregar. Não achei certo esconder isto da senhora. — Ela estendeu uma caixinha de cetim.

Lady Tremaine pegou a caixa da mão de Rebecca já sabendo o que havia nela.

— Pobre sra. Bramble. Ela anda mesmo falando em maldições? Eu me sinto péssima por tê-la trazido nesta viagem sem ter percebido que ela não estava bem — falou Lady Tremaine. Estava muito preocupada com sua criada de quarto.

— Não se preocupe, senhora. O comportamento dela é meio estranho, mas está em boas mãos lá embaixo, prometo — garantiu Rebecca.

— Obrigada, Rebecca. Não sei o que eu faria sem você — falou ao abrir a caixa e ver um broche verde oval com sua armação de ouro. Sentiu um aperto no peito ao ver o broche que o marido lhe dera. Eles tinham comprado a joia numa lojinha perto de Eaton Square. Estavam passeando pelo parque quando o esposo sugerira que voltassem para casa por um caminho diferente, e acabaram encontrando a pequena loja. Não era o tipo de lugar que o marido costumava frequentar, mas ele parecia ter um propósito ali, como se aquilo fosse planejado. Ela se lembrava vividamente da ocasião, como se tivesse acontecido no dia anterior, e não mais de seis anos antes.

– Planejou isto, querido? Já esteve aqui? – ela perguntou quando chegaram à porta da loja.

– Não, querida. Nunca vi esta loja, mas vamos entrar – ele convidou, com um olhar maroto que não lhe era comum. Lady Tremaine achou que fosse brincadeira e decidiu entrar no jogo, pois estava certa de que o marido tinha uma surpresa em mente.

Quando entraram na loja, um sininho de latão soou. Era um lugar pequeno e escuro, com uma vitrine onde estavam dispostos alguns tesouros. Ela se lembrou de que o marido fora direto para a vitrine, sem notar que o proprietário havia saído de trás de uma cortina. Era um sujeito alegre, empolgado pelos clientes ali, mesmo que isso significasse ter seu almoço interrompido. O homem ainda segurava o guardanapo e limpava as mãos ao se aproximar da vitrine.

– Sinto muito por termos atrapalhado seu almoço – disse Lady Tremaine, sorrindo para o dono da loja. – Sou Lady Tremaine, e este é meu marido, Lorde Tremaine.

– Seja bem-vinda, senhora. Não estou acostumado a receber lordes e damas na minha humilde loja. É uma honra. Procura algo específico? – perguntou.

Só então Lorde Tremaine tirou os olhos da vitrine.

– Senhor, eu gostaria de ver este broche!

O dono da loja se apressou em pegar um mostruário com o broche e outras belas peças.

– Amor, venha cá. Veja só este broche. O que acha?

Lady Tremaine foi até a vitrine. O broche chamou sua atenção no mesmo instante.

– É um lindo broche, querido.

O marido a olhou nos olhos.

– E ficará muito bonito em você, meu amor. É lindo e imponente como você.

Lady Tremaine não via o esposo tão animado fazia tempo. Ele andava tão cansado e alterado que ela começara a se preocupar com sua saúde, e, portanto, sentiu-se muito feliz em vê-lo tão empolgado.

Ela pegou o broche, hipnotizada pela sua beleza e pela sensação que o objeto lhe causava. Um formigamento lhe percorria o corpo, o que a fazia se sentir exultante e poderosa, e, ao mesmo tempo, muito calma.

– E tem uma história interessante – comentou o vendedor. – Consegui todas as peças deste mostruário com um comerciante que alegou ter comprado tudo de um pirata, junto a um livro de contos de fadas supostamente escrito por bruxas.

Lorde Tremaine zombou.

– Tolice! – falou, escandalizando a esposa.

– O que meu marido quis dizer é que deve ser apenas uma história que o senhor conta para convencer seus fregueses, não foi, querido? – perguntou Lady Tremaine.

Antes que o esposo pudesse responder, um garotinho entrou saltitando no recinto. Era uma criatura atrevida de cabelos escuros e cujos olhos poderiam ser descritos como tristes, dado o tamanho deles, mas a criança era alegre e corajosa.

— Meu pai não conta mentiras, senhora! O próprio comerciante viu o pirata! Contou que o pirata tinha um chapéu engraçado, e que até lhe vendeu aquelas fivelas de ouro que estão ali no mostruário! E não acredita no que mais ele...

O dono da loja o interrompeu.

— Já basta, filho. Suba. O lorde e a dama não têm tempo para ouvir histórias de piratas — ele falou enquanto observava o garoto passar pelas cortinas e subir bufando, olhando para trás a cada passo para ver se não o chamavam de volta para retomar a conversa.

— Sinto muito por isso. Ele se empolga às vezes. Fico feliz que se interesse, pois, um dia, a loja será dele, e depois do filho dele. É o meu legado.

Lorde Tremaine suspirou.

— É ótimo ter um filho para deixar seu legado. E que garoto corajoso, para sair em defesa do pai desse jeito. — Então riu e acrescentou: — Bem, se vocês dois dizem que o comerciante comprou as peças de um pirata, quem sou eu para discordar? — Ele notou que Lady Tremaine corria os dedos pelo broche. — Querida, gostou do broche, não? — perguntou.

Ela não pôde deixar de pensar que o marido a levara ali justamente por causa do broche.

— Gostei, querido — respondeu, segurando o broche. — Na verdade, adorei.

Lorde Tremaine bateu palmas e riu.

— Ah! Estou vendo! Ela gostou do broche, meu bom homem! Então, vamos comprá-lo!

Lady Tremaine nunca o tinha visto tão jovial. Não costumava ser extrovertido em público nem tinha o hábito de entrar em lojinhas daquele tipo. Mas não importava; ele parecia bem outra vez e aquilo a deixava feliz.

Lady Tremaine ergueu os olhos do broche quando suas lembranças se desvaneceram e se viu outra vez no Quarto das Fadas, na casa de Lady Hackle. A ida àquela lojinha com o marido era uma lembrança tão querida, um dos últimos dias felizes que tiveram juntos. Pouco depois, ela perdera o esposo para uma doença da qual achou que ele estivesse se recuperando. Lady Tremaine se viu afastando as imagens dele no leito de morte e engolindo a recordação das últimas palavras que haviam trocado, em busca de focar outra vez no presente, fazendo o possível para substituir as tristes imagens do falecido esposo por aquelas de um futuro feliz, talvez ao lado de Sir Richard.

Tal pensamento a surpreendeu, pois não havia percebido o quanto desejava aquele homem. E lá estava ela imaginando seu futuro com ele. Um futuro no qual ela e as filhas viveriam felizes com Richard e a filha dele.

– A senhora está bem? – perguntou Rebecca.

– Sim, Rebecca. Só estava pensando sobre o passado e, talvez, sobre o futuro. Evito pensar muito no que ficou para trás, com medo de permanecer lá para sempre e não conseguir ver o que está à minha frente. – Ela devolveu o broche à criada.

– Devo guardar isto com suas outras joias, então? Quer usá-lo hoje no piquenique? – perguntou Rebecca.

– Não, Rebecca. Não combina com meu vestido. Mas pode deixá-lo na minha penteadeira. Talvez o use à noite, no jantar

– falou ela, olhando para o broche mais uma vez antes de a criada fechar a caixa.

– Desculpe, senhora, mas tenho que perguntar: não ficou preocupada com os delírios da sra. Bramble sobre o broche e sua maldição, não é? É tudo bobagem, se me permite dizer – afirmou Rebecca.

– É isso que acha, Rebecca? Que se trata de um delírio? A sra. Bramble está tão mal assim? – ela perguntou.

– Receio que sim, senhora.

Lady Tremaine queria atribuir aquela história à imaginação desenfreada de uma mulher idosa, mas se lembrar da conversa com o dono da loja a fez reconsiderar.

– O engraçado, Rebecca, é que lembrei que o vendedor contou ao Lorde Tremaine e a mim que havia conseguido o broche com um comerciante misterioso, junto a vários outros itens, inclusive um livro de contos de fadas escrito por bruxas. Eu me pergunto se seria o mesmo livro que a sra. Bramble me deu. E tenho quase certeza de que ele mencionou uma maldição, mas isso aconteceu há muito tempo. Talvez eu esteja enganada.

Rebecca franziu o cenho.

– Talvez a sra. Bramble esteja apenas se lembrando dessa história que a senhora lhe contou na época.

Lady Tremaine balançou a cabeça.

– Não acredito que não pensei nisso. É claro, foi isso que aconteceu. De algum modo, ela guardou essas bobagens na mente. Mas me diga, Rebecca, o que os empregados têm falado sobre Sir Richard?

Rebecca exibiu um sorriso malicioso.

CORAÇÃO GELADO

– Só o que sempre falam quando um homem bonito aparece por aqui. As criadas e alguns lacaios estão em polvorosa, é claro. Quer dizer, é um homem muito bonito.

Lady Tremaine riu.

– Mencionaram algo sobre os muitos reinos, de onde veio Sir Richard? A sra. Bramble me contou que é um lugar perigoso.

Rebecca pareceu incomodada.

– Desembuche, Rebecca. O que estão dizendo lá embaixo?

Rebecca pigarreou.

– Bem, senhora, se me permite dizer, acho que a sra. Bramble está ficando gagá. Para ser sincera, não ouvi nenhuma história perturbadora sobre Sir Richard ou os muitos reinos. Só quem falou sobre isso foi a própria sra. Bramble. – Rebecca parecia incomodada por dizer isso.

Tudo começava a fazer sentido.

– Entendo – pontuou Lady Tremaine. Então pensou que fora mesmo melhor a sra. Bramble ter deixado o livro dos contos de fadas com ela, assim não o leria de maneira obsessiva.

– Espero não ter me excedido, senhora – disse Rebecca.

– Não, Rebecca, não se excedeu. Você falou exatamente o que eu precisava ouvir.

# CAPÍTULO VI

# O COMPROMISSO

Na sala íntima de Lady Hackle, tão imponente quanto ela própria, as senhoras Tremaine e Hackle aproveitavam um momento a sós, longe dos outros convidados. O local, com as portas francesas e uma abundância de samambaias e flores exóticas, era quase um solário. Lady Tremaine pensou em como seria agradável envelhecer na companhia de Lady Hackle, observando seus netos correndo por aquela sala. Lady Hackle sempre convidava a amiga para morar com ela assim que seus filhos se casassem, e, se ela não gostasse da ideia de morar na mansão com todos eles, poderia ficar na residência menor, que estava desabitada. Lady Tremaine adorava a ideia e a mantinha em segundo plano, caso não se casasse outra vez.

Ela estava passando uma tarde maravilhosa com a amiga enquanto os outros convidados descansavam em seus quartos após o piquenique. Era a oportunidade perfeita para as duas senhoras saírem discretamente para conversar.

– As outras damas não vão achar que as excluímos? – perguntou Lady Tremaine, sentindo-se uma colegial maldosa e fazendo Lady Hackle rir.

– Não diremos nada às outras damas. De todo modo, a maioria está dormindo. O gongo de vestir ainda vai demorar muito a soar, então temos todo o tempo do mundo para fofocar! Não me entenda mal. Adoro essas reuniões, mas às vezes preciso ficar um pouco sozinha. Acredite em mim, não há nada como uma longa tarde ao ar livre para fazer seus convidados se recolherem aos seus quartos – comentou ela, rindo outra vez. – Quero saber tudo sobre seu passeio com Sir Richard. – Os olhos de Lady Hackle brilhavam de euforia pela amiga. – Vocês dois pareciam encantados um pelo outro no piquenique. Não ousei atrapalhar. Quando percebi, vocês tinham sumido. Quero todos os detalhes.

Lady Tremaine continuou em silêncio, mexendo em um fio solto na borda de sua manga, em uma tentativa de fugir da pergunta de Lady Hackle.

– Você viu isto? – falou, enquanto mostrava à amiga o fio solto. – É melhor falar com Rebecca.

Lady Hackle lançou um olhar astuto para a amiga.

– Por favor, querida, sei que há algo entre vocês. Não tem como negar. E quero saber de tudo, então desembuche! – ela disse, rindo e cutucando a outra.

– Não estou negando, Prudence, só não sei por onde começar. Ele é perfeito. Em todos os aspectos possíveis – falou Lady Tremaine.

Lady Hackle pareceu muito satisfeita consigo.

– Sobre o que conversaram? O que ele disse? – perguntou a amiga, inclinando-se na direção de Lady Tremaine, como se ela fosse lhe contar um segredo.

– Passamos muito tempo falando sobre a casa dele, sobre como é bonita e sobre como tem se sentido solitário desde que a esposa faleceu. Confessou que precisa de uma mãe para a filha, alguém que a crie e que seja uma esposa para ele. Falou em juntarmos nossas fortunas para garantir o futuro de nossas filhas e o nosso – comentou Lady Tremaine, lembrando-se da conversa e de como desejara que Sir Richard a beijasse. Mas ele era cavalheiresco demais para isso.

– Ele a pediu em casamento? – perguntou a amiga, ansiosa para ser elogiada por seu talento para arranjar uniões.

– Ainda não. Acho que queria ver se eu gostava da ideia antes de propor – arriscou Lady Tremaine, ainda olhando para o fio solto em sua manga.

Não queria que a amiga notasse o quanto gostava do cavalheiro. Não queria nem admitir tal fato para si. Tudo parecia tão repentino, tão inesperado, que ela se perguntava se não estaria sendo tola. Mas era assim que as coisas aconteciam nesses círculos – você conhecia alguém, se casava, e depois descobria se tinha feito uma boa escolha. Se tivesse feito, ótimo; caso contrário, vocês passariam a maior parte do tempo longe um do outro. A maioria dos casamentos no círculo de Lady Tremaine girava em torno de unir famílias, capital social e fortunas. Pouquíssimos aconteciam de fato por amor. Ela tivera essa sorte no primeiro casamento. Não só sua família havia aprovado a escolha, como também eles formavam um belo casal. Mas de algum modo ela pensou em fazer as coisas de um modo diferente na segunda vez que se apaixonasse, em ir devagar. E agora se via prestes a entrar em outro casamento sem saber muito a respeito do cavalheiro.

– O que responderá se ele lhe pedir em casamento esta noite? Tem que aceitar – incentivou Lady Hackle, corando como se ela própria estivesse apaixonada.

– Nós mal nos conhecemos, Prudence. Não parece apressado demais?

– O que há para conhecer? Ele é um homem rico que mora em um reino encantado. É bonito, elegante e tem título de nobreza. Ele é um sonho! – reforçou Lady Hackle, segurando a mão da amiga.

– Não sei bem o que direi, Prudence. Não falamos de amor. Embora eu suponha que isso estivesse implícito. – Lady Tremaine olhou para a amiga. Surpreendeu-se ao se dar conta do quanto queria que aquele homem a amasse. Receou estar entrando em um território perigoso.

– Conte-me tudo, do início ao fim. Não omita nada. Nem uma única palavra. E então saberemos o que você deve fazer – pediu Lady Hackle.

Lady Tremaine respirou fundo.

– Está bem, Prudence. Já que insiste. Sabe que o dia estava lindo. Você escolheu o local perfeito para o nosso piquenique. Era maravilhoso, verdejante, com flores desabrochando, e você sabe como adoro o gazebo perto do lago. Assim que os cavalheiros voltaram da caçada, Sir Richard veio até mim quase no mesmo instante e sugeriu que fôssemos passear. Atravessamos a pontezinha de madeira do lago e conversamos até você enviar

Pratt para nos avisar que todos estavam voltando para casa. Falei das minhas filhas, ele falou da filha, e comentamos sobre como estava sendo viver após a morte de nossos cônjuges. É um homem prático, muito parecido com os homens de Londres. Foi tudo muito sensato. Não falamos de amor, embora ele tenha mencionado como precisava de uma mulher que cuidasse de sua casa e criasse sua filha. Ele falou de solidão e do quanto sentia falta da esposa, e também de como gostaria de ter companhia outra vez. E o compreendi, porque também quero essas coisas. Mas não sei se é amor o que ele procura.

— É claro que é. Ele falou que está solitário e que quer uma esposa. O que mais isso poderia significar? – perguntou a amiga.

— Acho que é isso que ele disse. Pelo menos foi o que achei na hora. Mas talvez tenha me deixado levar pela beleza do ambiente – comentou Lady Tremaine.

— Notei como ele olha para você. Não tem olhos para mais ninguém quando você está no recinto. Acho que está apaixonado. – Lady Hackle apertou a mão da amiga.

Lady Tremaine achou que Lady Hackle talvez tivesse razão. Ela sentia o mesmo e, então, soube o que faria.

— Se ele me pedir em casamento, Prudence, aceitarei – falou, soltando a mão da amiga e levando-a ao coração. – Dá para acreditar? Eu me casando outra vez e indo morar nos muitos reinos? Como se um rei ou rainha não bastasse, morarei num lugar com muitas cortes. – Lady Tremaine riu com a amiga. A alegria era contagiante.

— Imagino que sua vida com Sir Richard será luxuosa — palpitou Lady Hackle. — Você tem que me convidar para visitá-la assim que tiver se instalado. Preciso conhecer seu novo castelo.

— Ele ainda não me pediu em casamento, Prudence! — Lady Tremaine ergueu os olhos ao ouvir o som do gongo de vestir. Seu coração bateu forte ao pensar que veria Sir Richard outra vez no jantar.

— Minha nossa! Já está na hora de nos vestirmos? — falou Lady Hackle. — Achei que tínhamos muito tempo. É melhor subirmos para nos preparar. Quero vê-la especialmente bonita esta noite.

Lady Tremaine riu e balançou a cabeça para a amiga. Ela se perguntava se não estariam empolgadas demais por tão pouco.

— A propósito, o que está achando de Rebecca? Está satisfeita com ela? — perguntou Lady Hackle, saindo da mesa à procura de ir se trocar.

— Ah, ela é um amor. Muito obrigada por deixá-la me servir enquanto estou aqui — agradeceu Lady Tremaine.

— Excelente. Você deveria ficar com ela. Ela me falou dos problemas que você tem tido com a pobre sra. Bramble, e mencionou o quanto adoraria ir com você para os muitos reinos, então sugeri que, se você concordasse, ela poderia acompanhá-la. — Lady Hackle deu um sorriso travesso, e Lady Tremaine deixou escapar uma risada.

— Vocês duas estão tramando para me verem casada, não é? — disse Lady Tremaine.

— Bem, querida, eu diria que já é hora, não acha? E por que não com um homem que parece ter saído das páginas de um romance? Já posso vê-los partindo num cavalo branco, e espero que façam isso! Nada me daria mais prazer do que vê-la feliz.

‡ ‡ ‡

Ao chegar ao quarto, Lady Tremaine entregou-se completamente a Rebecca, deixando que ela escolhesse sua roupa, suas joias e seu penteado. Em geral, ela não ligava muito para a aparência, mas queria estar deslumbrante no jantar daquela noite.

– Está linda, senhora – elogiou Rebecca, maravilhada. – Tenho certeza de que Sir Richard vai achá-la fascinante.

Lady Tremaine estreitou os olhos para a jovem.

– Há rumores lá embaixo, Rebecca? Sobre mim e Sir Richard?

Rebecca corou.

– Admito que há, senhora. Uma das criadas de quarto alegou ter ouvido Sir Richard e seu pajem fazendo planos para seu retorno aos muitos reinos esta noite após o jantar, mas ele quer falar com a senhora antes.

Lady Tremaine corou, embora uma sensação de medo a invadisse. Por que ele estava partindo? E por que precisava falar com ela? Esperava passar mais tempo com Sir Richard, e imaginou que ele não pretendia pedi-la em casamento se partiria naquela noite. De repente, sentiu-se ridícula por estar usando um vestido de veludo vermelho e por ter permitido que Rebecca enfeitasse seus cabelos com rubis para combinar.

Era a primeira vez que ela não usava cores de luto desde a morte do marido. Havia inclusive prendido o broche de jade no centro do corpete, fazendo dele o arremate perfeito do vestido.

Antes de Rebecca lhe contar os planos de Sir Richard de partir, Lady Tremaine se sentira uma nova mulher, que respeitava e estimava seu passado, mas que decidira não se perder nele, porque ansiava pelo futuro. Agora, porém, não sabia mais o que esperar. Ficara tão animada e ansiosa com seu novo interesse romântico, e agora se sentia tola e perdida outra vez.

— Vai ficar tudo bem, senhora. Tenho certeza — assegurou Rebecca, ajudando Lady Tremaine com as longas luvas brancas. — Sei disso. Sempre tenho pressentimentos sobre como o futuro será, e acho que a senhora e Sir Richard foram feitos um para o outro. — Ela foi até a porta. — Está pronta para descer? — perguntou, segurando a porta aberta e sorrindo.

— Sim, Rebecca. Mais pronta do que nunca.

‡ ‡ ‡

Lady Tremaine perambulava nervosa pela sala de estar enquanto esperava todos chegarem para o jantar. Sir Richard ainda não havia descido, e ela se perguntava se ele não teria simplesmente voltado para os muitos reinos, decidido que não precisava falar com ela.

Mas então ela o viu. O homem parecia saído das páginas do livro dos contos de fadas da sra. Bramble. Ele era elegante demais, e Lady Tremaine sentiu as faces corarem de novo ao imaginar o que ele queria lhe dizer. Sentiu uma ligeira tontura ao vê-lo seguir em sua direção, sem parar para conversas educadas com aqueles que encontrava no caminho. Ele vinha direto para ela, os olhos fixos, e Lady Tremaine não conseguiu evitar a sensação de ser uma presa. Ele tinha o semblante sério, o que fez o coração dela disparar, pois estava certa de que ele a decepcionaria. Homens geralmente têm o semblante sério quando estão prestes a decepcionar uma dama.

– Querida Lady Tremaine – ele disse ao se aproximar –, podemos falar a sós no jardim antes de o jantar começar?

– Acho que temos tempo. – Ela olhou para o pequeno relógio dourado sobre o aparador da lareira.

– Lady Hackle avisou que podemos levar o tempo que for necessário – informou ele, e a pegou pela mão, conduzindo-a através das portas duplas que levavam ao jardim.

Os dois caminharam até um lago, onde havia inúmeras luzinhas cintilantes. Quando se aproximaram, Lady Tremaine percebeu que eram pequenos recipientes espelhados flutuando na superfície da água, com velas acesas lançando um brilho que dançava no rosto de Sir Richard e no jardim.

– Queria falar comigo sobre algo, Sir Richard? – questionou ela, totalmente imóvel enquanto aguardava a resposta. Sentia que devia se preparar para o que ele estava prestes a dizer. Temia que as palavras fossem golpeá-la, e precisava estar preparada. Tentou se manter firme e estática. Pronta para receber o impacto.

– Queria. Tenho que partir logo após o jantar, mas achei que não seria justo ir embora sem falar com a senhora antes, não depois da conversa que tivemos hoje. Eu queria ter certeza de que não houve um mal-entendido. Não gostaria de partir sabendo que havia mais coisa que gostaríamos de ter dito.

Lady Tremaine sentiu um aperto no peito. Era isso que ela temia e esperava. Era evidente que a conversa deles não tinha sido o início de um romance ou de uma nova aventura. Fora apenas uma conversa educada.

– Não precisa dizer mais nada, Sir Richard. Entendo perfeitamente – ela anunciou. Então se sentiu tola por pensar que a conversa anterior tinha significado mais do que duas pessoas que haviam perdido seus cônjuges e que estabeleciam uma ligação por causa da dor que sentiam. Achou que ele havia falado que queria uma esposa e uma mãe para a filha porque a quisesse, mas parecia que só haviam dividido histórias, sem abrir seus corações.

Ela amaldiçoou a si mesma por ter se apaixonado tão depressa por aquele homem, por ter imaginado uma vida com ele e as filhas de ambos depois de apenas alguns dias. Depois de uma tarde de conversa. Uma conversa que ela entendera de modo totalmente errado.

Lady Tremaine permaneceu calada e imóvel, temendo falar ou se mover e acabar se quebrando em mil pedaços e desmoronando diante dele. Obviamente, seu coração estava partido, mas ela imaginou se isso se refletia em seu rosto.

– Entende mesmo, Lady Tremaine? Quero que minhas intenções fiquem bem claras.

– Ah, suas intenções são perfeitamente claras, Sir Richard – disse ela, querendo apenas se ver livre da companhia dele. Não podia acreditar que deixara seu coração se abrir para aquele homem. Ela queria gritar "Estou apaixonada por você! Achei que fosse me pedir em casamento!", mas não ia pegar nada bem, principalmente no jardim de Lady Hackle, ao lado de uma sala cheia de lordes e damas. Ela seria motivo de piada. E agora teria de entrar na sala de jantar de braços dados com um homem que tinha acabado de partir seu coração.

Odiava a ideia de ter de explicar tudo aquilo a Lady Hackle. E sentia raiva da amiga por tê-la encorajado a se apaixonar tão depressa por aquele homem. Naquele momento, tudo que queria era sair correndo, mas, em vez disso, permanecia lá parada, mais passiva do que nunca, só esperando para ver o que ele diria.

– Muito bem. Acho que devemos entrar, então. Fico aliviado em saber que pensamos da mesma forma – asseverou ele.

Lady Tremaine decidiu, ali e naquele instante, que precisava proteger seu coração, e sentiu-se feliz por estar usando o broche que o marido lhe dera. Se ele não estivesse ali em seu peito, o golpe de Sir Richard a teria despedaçado.

Enquanto voltavam para a sala de estar e tomavam suas posições entre os convidados que aguardavam o momento de entrar na sala de jantar, ela sentiu um calafrio percorrer seu corpo quando tocou no broche. A sensação permaneceu durante o jantar, e ela imaginou que aquilo a ajudou a não chorar e a não fazer um papel de idiota na frente de Sir Richard e dos outros convidados.

Notou que Lady Hackle estava preocupada com ela, mas obviamente só poderiam conversar depois do jantar, e mesmo então seria difícil para as duas ficarem a sós.

E então a situação mais estranha do mundo aconteceu. Lady Hackle e Sir Richard pareceram se entreolhar, e isso provocou um sorriso em Lady Hackle. Ela se levantou e pediu a palavra.

CORAÇÃO GELADO

– É com grande prazer que anuncio o noivado da minha querida amiga Lady Tremaine com Sir Richard dos muitos reinos! Que eles sejam felizes ao unirem suas famílias, as filhas de Lady Tremaine, Anastácia e Drizela, e a filha de Sir Richard, Cinderela. Um brinde a Lady Tremaine e Sir Richard!

Lady Tremaine permaneceu sentada, em choque, enquanto todos erguiam as taças para celebrar o noivado. E então se deu conta de que seu coração não precisava de proteção. Ela e as filhas viveriam felizes para sempre, exatamente como sua amiga Lady Hackle desejara.

80

# CAPÍTULO VII

# O ALERTA DA SRA. BRAMBLE

A mente de Lady Tremaine girava após o jantar. As lembranças daquela noite rodopiavam em sua cabeça feito um sonho. Ela tentava se agarrar a todos os momentos, formar uma imagem clara da qual se lembraria com carinho para sempre, mas tudo lhe escapava, e só restavam fragmentos. Ela mal podia acreditar que aquilo estivesse acontecendo, e tão depressa. Num instante achou que tudo fosse um mal-entendido, e no instante seguinte estava noiva.

Depois do jantar, Lady Hackle mandou champanhe, chocolates e frutas para a biblioteca, para que Lady Tremaine e Sir Richard tivessem um momento a sós antes de ele partir para os muitos reinos.

– Desculpe partir às pressas, quando temos tanta coisa a discutir, mas fui chamado pelo meu rei, e é meu dever atendê-lo quando sou requisitado. No entanto, desejo que a senhora e suas filhas venham se juntar a mim o quanto antes – convidou, beijando a mão dela. – Espero que compreenda.

Lady Tremaine queria dizer que compreendia, mas não era verdade.

– Não gostaria de voltar comigo para os muitos reinos agora? Detesto a ideia de adiar sua ida mais que o necessário. – Ele beijou a mão dela outra vez e a apertou entre as suas.

– E minhas filhas, Richard? Não posso ir sem elas. – Lady Tremaine balançou a cabeça. – É claro que deixarei a casa de Lady Hackle agora mesmo, para ir ao seu encontro o quanto antes, mas tudo está acontecendo rápido demais. Há coisas a serem consideradas, planos a serem feitos. Meus pertences precisam ser empacotados e enviados, e ainda há a questão dos empregados. Tenho que providenciar passagem para eles, para mim e para as meninas. Minha nossa, preciso contar às garotas! Elas ficarão surpresas – disse, enquanto Sir Richard segurava sua outra mão também.

– Não precisa levar nada além de seus pertences pessoais, Lady Tremaine. Meu castelo é lindamente decorado e muito bem servido de criados. Traga sua criada de quarto e a governanta como companhia sua e de suas filhas durante a viagem, se quiser, mas não precisaremos delas quando vocês estiverem instaladas em seu novo lar. Mas venha depressa. Preciso tê-la ao meu lado – anunciou ele, fitando-a nos olhos.

Bem naquele instante eles ouviram alguém batendo à porta, e o pajem de Sir Richard entrou.

– Com licença, mas temos que ir agora. A carruagem de Sir Richard precisa partir agora, se ele pretende pegar o navio para os muitos reinos.

– Muito bem, estarei lá num instante – afirmou Sir Richard.
– É melhor eu ir logo. Meu rei precisa de mim – explicou, apertando as mãos de Lady Tremaine um pouco mais. Ela achou que receberia um beijo, afinal estavam noivos. Não seria, de modo algum, impróprio, pois ambos já tinham sido casados, e ela não era uma donzela. Então fechou os olhos e esperou, e sentiu os lábios dele tocarem sua testa em um beijo casto.

– Adeus, querida. Não demore. Mal posso esperar para tê-la como esposa – falou.

Ela ficou lá parada, olhando nos olhos dele e se perguntando se a amava. Talvez não se sentisse à vontade para beijá-la na frente do pajem. Ela queria fazer perguntas, mas não conseguiu.

‡ ‡ ‡

Lady Tremaine subiu para o quarto e atirou-se na cama com um suspiro. Estava lá, deitada no escuro, tentando recuperar o fôlego, mas se assustou com uma voz rouca familiar vinda de um canto do aposento.

– Vejo que já está apaixonada por seu príncipe, e se esqueceu da pobre sra. Bramble.

Lady Tremaine levantou-se depressa. Não sabia como não a percebera, mas agora podia ver a silhueta da sra. Bramble numa poltrona de veludo perto da janela. A luz da lua brilhava em seus cabelos prateados e lhe lançava sombras no rosto, dando a ela um aspecto de bruxa de contos de fadas.

– Ele não é um príncipe – corrigiu Lady Tremaine, endireitando a postura e desamassando o vestido. – É um cavaleiro.

E é claro que não a esqueci, sra. Bramble. Como se sente? – Ela caminhou até a pobre mulher.

– Estou triste. Sozinha no mundo, sem amigos – falou a sra. Bramble, com os olhos lacrimejantes e amarelados pela idade.

– Não está sozinha, sra. Bramble. Tem a mim – confortou-a Lady Tremaine.

– Não precisa mais de mim. Vai me mandar embora, não negue. A garota das bruxas me contou. É evidente que você já caiu nas garras dela e do seu príncipe encantado.

Lady Tremaine ajoelhou-se para fitar a criada nos olhos.

– Pare com isso. Que história é essa de bruxas? Não caí nas garras de ninguém – rebateu. Ela sentia pena do estado da sra. Bramble.

– Rebecca disse que vai me mandar para a casa da minha irmã – declarou a sra. Bramble. – E que vai se mudar para os muitos reinos.

Lady Tremaine balançou a cabeça.

– Como ela poderia dizer que vou me mudar para os muitos reinos se acabei de decidir isso?

A sra. Bramble gargalhou. Uma gargalhada rouca e assustadora que perturbou Lady Tremaine.

– Sabia que iria embora assim que botou os olhos nele! Já estava enfeitiçada. Sempre foi tola diante de um rosto bonito e um bolso cheio – falou, rindo outra vez.

– Já chega! – Lady Tremaine levantou-se e foi até o centro do quarto. – Não sei o que lhe deu, sra. Bramble, mas é melhor se recompor. Não permitirei que fale assim comigo – repreendeu-a, puxando a corda para chamar Rebecca.

— Guarde minhas palavras, querida. Vai se arrepender se for para os muitos reinos. Por favor, leia o livro de contos de fadas que lhe dei. Está tudo lá. Então verá por que estou tão preocupada com você – disse a sra. Bramble, implorando com os olhos.

— Eu gostaria de poder dizer algo que a tranquilizasse, sra. Bramble. – Lady Tremaine olhou para a porta, esperando que Rebecca chegasse e pusesse um fim naquela conversa. – Garanto que serei muito feliz com Sir Richard. – Ela estava preocupada com a saúde mental da mulher.

— Há uma ligação especial entre uma babá e a pessoa de quem ela cuida, como verá nas páginas daquele livro. Eu a conheço muito bem faz tempo, e sei, sem sombra de dúvidas, que algo terrível acontecerá se for para lá.

Lady Tremaine segurou a mão da sra. Bramble, imaginando se a pobre criatura não estava sofrendo de demência resultante da idade.

— Por que tem tanta certeza de que algo terrível vai acontecer comigo? – perguntou. – Por que acha que alguém vai me machucar? – Ela examinou o rosto da velha criada, tentando compreender o que a deixava tão desconsolada.

— Não estou preocupada que se machuque, minha querida. Você é uma mulher forte, saberá lidar com tudo que aquelas bruxas puserem em seu caminho – comentou a sra. Bramble.

— Então por que está tão preocupada? O que a assusta tanto? – perguntou Lady Tremaine, e o semblante da sra. Bramble se transformou de um jeito estranho.

# Coração Gelado

– Ah, querida, não percebe? Estou preocupada com aqueles que *você* pode machucar, aqueles que pode destruir com seu ódio e sua crueldade.

Naquele instante, Rebecca entrou no quarto e ouviu o que a sra. Bramble acabara de dizer.

– Que bobagem. Lady Tremaine não tem um pingo de crueldade no corpo – falou Rebecca.

– Ah, mas terá, depois que você e suas bruxas tiverem acabado com ela! – grasnou a sra. Bramble. – É o que acontece com todas elas! Há algo terrivelmente errado com os muitos reinos. Lá, as madrastas se transformam em monstros medonhos. Tudo de bom nelas é destruído. – A sra. Bramble agarrou o livro de contos de fadas que estava na mesa ao seu lado. – Leia isto, Lady Tremaine. Leia antes de cometer o maior erro de sua vida.

Lady Tremaine pegou o livro e sorriu para a velha criada.

– Lerei. Prometo – falou, tentando alegrar a mulher e abrindo o livro. – O que é isso? Essa inscrição de Lorde Tremaine? – perguntou, olhando o livro com mais atenção. – Pegou este livro na biblioteca de Lorde Tremaine? Por que não disse logo? – indagou Lady Tremaine.

– Achei que soubesse. Ele mencionou ter comprado o livro na mesma loja em que comprou seu broche. Lorde Tremaine sempre deixou os empregados pegarem seus livros emprestados, desde que registrássemos isso em seu livro de controle – falou a sra. Bramble.

Lady Tremaine sabia que aquilo era verdade. Aquela conversa, combinada com os acontecimentos dos últimos dias, fazia sua cabeça girar.

– Fico feliz em ter o livro comigo, sra. Bramble. Lerei com mais atenção ainda. Muito obrigada por devolvê-lo. – Lady Tremaine sinalizou a Rebecca que levasse a velha criada embora. – Agora vá lá para baixo com Rebecca e descanse até que eu mande chamá-la. Vai ficar tudo bem, prometo – falou, beijando a bochecha da sra. Bramble.

Suspirou fundo assim que as duas criadas saíram do quarto.

– Minha nossa! – exclamou, olhando para o livro. Ver a caligrafia de Lorde Tremaine causou uma onda de amor e tristeza em seu corpo. Ela não sabia que o marido havia voltado àquela lojinha para comprar o livro. Lembrou que o dono da loja falara do livro, e pensou que era bem a cara do esposo fazer aquilo, voltar à loja para comprar o volume. Mas ela detestava as ideias que o livro havia colocado na cabeça da sra. Bramble. A pobre mulher estava convencida de que tais histórias eram reais. E então se lembrou da conversa que tivera com Sir Richard sobre o livro dos contos de fadas ser real. Será que aquelas histórias eram verdadeiras?

Rebecca voltou ao quarto, interrompendo seus pensamentos.

– Sente-se, senhora. Está pálida – falou, puxando uma cadeira para Lady Tremaine.

– Obrigada, querida Rebecca. O que sabe sobre os muitos reinos? Juro que lembro de Sir Richard ter dito algo sobre um livro de contos de fadas. – Ela levou a mão à cabeça, e Rebecca pegou o livro.

– Não se preocupe com isso agora. Tenho certeza de que devem ser livros diferentes. Por que não se deita? Foi um dia longo, e amanhã também será. Precisa descansar.

‡ ‡ ‡

A manhã seguinte foi cheia de agitação. Assim que terminou o café e se vestiu, Lady Tremaine se viu cercada de criadas, todas ajudando Rebecca a fazer suas malas para que retornasse a Londres a fim de contar a novidade às filhas. Ela havia escrito ao mordomo, Avery, a fim de avisá-lo sobre seu retorno. Ele devia instruir os empregados a empacotar seus pertences e pedir a Babá Pinch que preparasse as garotas para uma longa viagem.

Lady Tremaine estava até zonza com tudo que precisava fazer, e com tudo que ela e Sir Richard haviam discutido na noite anterior. Ele tinha razão ao lhe sugerir que só levasse os pertences pessoais. Seria uma viagem extremamente longa até os muitos reinos, e não seria sensato levar tudo consigo, incluindo empregados.

Ainda bem que havia Rebecca, que ia de um lado para o outro do quarto, instruindo os criados de Lady Hackle na tarefa de preparar os baús de Lady Tremaine para que ela voltasse para casa no trem seguinte. Lady Tremaine estava ansiosa para encontrar Anastácia e Drizela e lhes contar a novidade.

– Rebecca, quando voltarmos a Londres, eu gostaria que supervisionasse o empacotamento dos meus itens pessoais. Vestidos, chapéus, luvas, joias, bolsas, alguns dos meus livros prediletos e, é claro, o conteúdo da minha penteadeira. Todo o restante terá que ser colocado em caixotes e leiloado. Precisarei que cuide disso também. Estarei ocupada dando a notícia às minhas filhas e me reunindo com o advogado para acertarmos a venda da casa – falou Lady Tremaine.

— Como queira, senhora. E quanto aos pertences das senhoritas Anastácia e Drizela? Devo fazer as malas delas também? — perguntou.

— Não, Babá Pinch cuidará desse assunto. Já escrevi para ela. E, Rebecca, preciso que trabalhe com meu mordomo, Avery, para garantir que tudo seja feito de acordo com as minhas instruções.

Rebecca parou o que fazia.

— O que Avery e os outros empregados acharão de me ver chegar de repente e assumir o comando desse jeito, senhora? Não ficarão aborrecidos pela sra. Bramble?

Lady Tremaine não havia pensado nisso.

— Bem, Avery é um bom empregado, mas, se ficar aborrecido, não há nada que possamos fazer — continuou. — Ah, Rebecca, há tantas tarefas pendentes. E tenho que contar aos empregados que não precisarei mais deles. — Ela sentiu que desfalecia.

— Sente-se, por favor, senhora — sugeriu Rebecca. — Vai desmaiar de tanta agitação. Eu não me preocuparia com eles. Imagino que não gostariam de viajar para tão longe. — Ela havia parado de instruir as criadas e voltara toda a sua atenção para Lady Tremaine.

— É, acho que tem razão. Embora eu espere que Babá Pinch fique conosco, nem que por alguns meses. — Ela sentou-se numa poltrona de veludo rosa perto da janela, com uma mesinha redonda ao lado.

— Devo mandar servir o chá? — perguntou Rebecca.

— Sei que sua intenção é boa, sempre sugerindo chá, mas, se pretende ser minha criada de quarto, Rebecca, lembre-se de que nunca tomo chá, só café. Sei que isso não é muito inglês da minha parte, mas é o que prefiro.

Rebecca assentiu.

– Claro, senhora. Eu devia saber disso. – Ela mandou uma criada buscar café.

Alguém bateu à porta.

– Imagino que não seja meu café assim tão rápido, não? – comentou Lady Tremaine, rindo.

– Não, senhora. Ainda estamos na Inglaterra e, aqui, as coisas não aparecem num passe de mágica, como se já estivéssemos nos muitos reinos. – Rebecca sorriu ao abrir a porta para Lady Hackle. A amiga de Lady Tremaine mostrava-se preocupada.

– Amiga, esta carta acabou de chegar para você. É de Sir Richard. Deve tê-la enviado assim que desembarcou.

Lady Tremaine pegou a carta da amiga e leu a mensagem.

*Querida Lady Tremaine,*
*Mal vejo a hora de sermos marido e mulher. Por favor, venha o mais rápido possível, pois estou desesperado para que assuma seu lugar ao meu lado e em minha casa. Se me ama tanto quanto espero que ame, venha com Anastácia e Drizela no navio da próxima noite. Cinderela e eu precisamos de você.*

*Sir Richard*

Lady Tremaine devolveu a carta à amiga para que a lesse.

– Oh, precisa ir logo para lá – disse Lady Hackle.

– Mas estou indo o mais rápido que posso. E minha casa em Londres? – Lady Tremaine estava aflita. – E minhas filhas?

Ainda nem contei a elas que vamos nos mudar, e já tenho que embarcar no navio da próxima noite?

Lady Hackle olhou para o nada por um instante, como se formulasse um plano.

– Babá Pinch levará as garotas até o porto. Com sorte, ela concordará em acompanhá-las aos muitos reinos. Mesmo que não concorde, o mínimo que pode fazer é levar as meninas para encontrá-la a bordo. Sua nova família precisa de você. Se tinha alguma dúvida sobre os sentimentos de Sir Richard por você, essa mensagem acaba com tal incerteza – falou.

– Acho que você tem razão, mas e a casa e os empregados? Há tanto a fazer. – Ela pegou uma xícara de café da bandeja que uma das criadas havia acabado de trazer.

– O navio só parte hoje à noite. Deve ser tempo suficiente para Babá Pinch colocar alguns itens seus e das meninas nas malas. Piggy e eu iremos até sua casa de Londres amanhã para supervisionar tudo e garantir que o restante de seus pertences seja despachado para os muitos reinos – anunciou Lady Hackle.

Lady Tremaine segurou a mão da amiga.

– Você é uma boa amiga, Prudence. Obrigada. – Ela riu.

– Não é nada de mais, querida; é só uma questão de orientar seus empregados. Pagará a eles uma indenização? Devemos dobrar o valor devido às circunstâncias? – perguntou. E então continuou: – E quanto à casa e as coisas que serão leiloadas? Seu advogado está cuidando da questão? Piggy e eu devemos passar no escritório dele para acertar essas questões por você?

Lady Tremaine começou a entrar em pânico. Havia tanto a ser feito, e lá estava ela, partindo às pressas sem resolver nada.

– Ah, Prudence, cuidaria disso? De verdade? Acho que estou abusando de você, amiga, mas não tenho escolha.

Lady Hackle riu.

– Está fazendo pelo melhor motivo do mundo. Vai partir para ficar com seu amor! – exclamou, sorrindo.

– Tudo está acontecendo tão depressa. Eu queria falar com as meninas antes de embarcar correndo para terras desconhecidas – comentou Lady Tremaine, pedindo mais café para uma das criadas.

Lady Hackle pôs as mãos nos ombros da amiga, num gesto carinhoso.

– Pode falar com as garotas no navio. Preste atenção, amiga, você é a mulher mais forte que conheço. Pode fazer isso. Enfim terá o seu final feliz na terra dos contos de fadas. É um sonho que se realiza.

# CAPÍTULO VIII

# A MARAVILHOSA AVENTURA

No cais, Lady Tremaine aguardava nervosa a chegada de Babá Pinch, Anastácia e Drizela. Ela checava o relógio pingente a todo momento, preocupada que elas não chegassem a tempo.

Era um navio grande e belo, todo branco e dourado, que a fazia pensar em um bolo de casamento com várias camadas. Toda vez que o apito do navio soava, ela se sobressaltava, pensando que perderiam a última chamada de embarque, embora soubesse que ainda havia muito tempo. Estava com os nervos à flor da pele.

Pelo menos tinha conseguido arranjar duas ótimas cabines, uma para si e outra para Babá Pinch, Rebecca e as garotas – cabines conectadas, é claro.

Enquanto aguardava, sentia-se num sonho. A ideia de deixar tudo para trás, ou de partir sem ao menos se despedir daqueles que haviam cuidado dela por tantos anos não parecia real. Ela foi direto do trem para o porto. Deveria estar mais aborrecida, mas tudo aquilo era tão romântico, a ideia de seu amado tão desesperado para tê-la ao seu lado a ponto de lhe pedir que esquecesse de todo o restante e fosse ao seu encontro o mais rápido possível.

E então ela viu suas amadas filhas e Babá Pinch chegando numa carruagem. As garotas acenavam animadas, sorrindo, ansiosas para descerem logo do veículo. No instante que a carruagem parou, elas passaram por cima de Babá Pinch e desembarcaram depressa, correndo para os braços de Lady Tremaine.

– Ah, mamãe, sentimos tanta saudade! – exclamou Anastácia.

– Prometemos nos comportar de agora em diante! – complementou Drizela, dando um abraço apertado na mãe.

Lady Tremaine estava tão feliz em ver as filhas. Vê-las fazia tudo parecer mais real. As duas eram seu mundo, e ela se sentia sem chão sem ambas.

– Olá, queridas! Estou tão feliz em vê-las – falou, beijando as meninas. – E obrigada, Babá Pinch. Não faz ideia do quanto sou grata por vir conosco aos muitos reinos.

– Lamento não poder ficar mais que duas semanas para ajudar as garotas a se adaptarem – justificou-se Babá Pinch –, mas Lady Hackle explicou tudo, e eu não podia deixar a senhora e as meninas viajarem sozinhas aos muitos reinos.

Lady Tremaine sorriu para a jovem.

– Ah, mas não estaremos totalmente sozinhas. Rebecca também virá conosco. Ela é a minha nova criada de quarto. Vai conhecê-la no navio. Ela está nas cabines, garantindo que tudo seja feito de maneira satisfatória.

Lady Tremaine estendeu os braços para as filhas.

– Venham, Anastácia e Drizela. Segurem em minhas mãos. Estamos prestes a embarcar em uma maravilhosa aventura.

‡ ‡ ‡

Lady Tremaine e as filhas se sentaram juntas em um canto da cabine, enquanto Rebecca e Babá Pinch desfaziam as malas na cabine ao lado, a qual dividiriam com Drizela e Anastácia. Cada garota se sentou de um lado da mãe, o mais próximo possível. Era perceptível que haviam sentido saudade da mãe, e que a mãe também sentira muito a falta delas.

– Meus anjos, o que Babá Pinch lhes disse sobre a viagem? Anastácia falou primeiro.

– Ela disse que vamos para uma terra mágica que tem príncipes e princesas.

Drizela zombou.

– Também temos princesas na Inglaterra; não vejo nada de mágico nisso – falou.

Lady Tremaine riu.

– É verdade, querida, mas parece que nos muitos reinos há bem mais cortes do que em Londres. Soube que vamos para um reino onde moram um rei muito simpático e seu filho, e o jovem príncipe tem a idade de vocês. Quem sabe um dia uma de vocês não se case com ele? – brincou.

– Mas e Shrimpy e Dicky? Achei que a gente se casaria com eles! – declarou Anastácia.

Lady Tremaine pegou as mãos das filhas e as beijou.

– Claro que se casarão, queridas. Estou só brincando. Daremos um jeito de vocês visitarem Shrimpy e Dicky assim que estivermos instaladas em nosso novo lar. Vocês fizeram falta na festa, e aposto que os garotos estão loucos para vê-las – falou. Mas então pensou em como se sentiria tendo as filhas tão longe, em Londres, quando estivessem casadas.

Ela e Lady Hackle já tinham tudo planejado, o futuro delas estava garantido. As filhas se casariam com os filhos dela e as duas amigas seriam avós juntas. Talvez ainda pudessem sonhar com isso, embora para Lady Tremaine essa visão já não fosse mais tão nítida.

– Talvez possamos convidar Lady Prudence para passar um tempo nos muitos reinos com os garotos. Com certeza, também devem fazer bailes de debutantes por lá, assim como fazemos na Inglaterra – sugeriu Lady Tremaine.

Drizela arregalou os olhos.

– Ah! Imagine! Deve haver muito mais cortes para sermos apresentadas. Sim, mamãe, acho que é um plano excelente! – falou.

– Bem – disse Lady Tremaine –, e o que Babá Pinch lhes disse sobre a nossa maravilhosa aventura? Ela contou que vou me casar com um homem incrível chamado Sir Richard, e que ele tem uma filha mais ou menos da idade de vocês, de quem sei que serão grandes amigas? Ela contou que moraremos com eles em seu belo castelo? – Lady Tremaine prendeu a respiração, imaginando como as garotas reagiriam àquela notícia.

– Sim, mamãe – respondeu Anastácia. – Em que parte dos muitos reinos vamos morar? Se será nosso novo lar, não devemos saber como chamar esse local?

Surpresa, Lady Tremaine se deu conta de que não sabia.

Nesse momento, Rebecca e Babá Pinch entraram na cabine.

– Olá, queridas. Anastácia me fez perceber que, com toda essa correria, não sei em qual dos muitos reinos moraremos. Não é absurdo? – falou, um pouco embaraçada.

Rebecca e Babá Pinch se sentaram de frente para o trio.

– Vocês morarão nas terras do Rei Hubert, não muito longe de onde o Rei Fera e a Rainha Bela moram – informou Rebecca.

Lady Tremaine ergueu uma das sobrancelhas.

– Parece conhecer bem os muitos reinos, Rebecca – falou.

– Sim, senhora. Imagino que Lady Prudence tenha lhe contado que sou de lá.

Lady Tremaine surpreendeu-se. Não pôde deixar de se lembrar da última conversa que tivera com a sra. Bramble e do alerta da velha criada. No entanto, antes que pudesse fazer qualquer pergunta, percebeu que Anastácia e Drizela estavam assustadas.

– Qual é o problema, meninas? Por que estão chateadas? – perguntou Lady Tremaine.

– Rei Fera? – perguntou Drizela. – O que é um Rei Fera? Não quero morar num reino governado por uma fera velha e feia!

Babá Pinch ergueu a mão para pedir silêncio.

– Espere aí, Drizela. Nós já falamos sobre isso. Pense em como poderia reformular essa frase.

Rebecca riu.

— Ah, não precisa. Ele era mesmo uma fera velha e feia, ou assim pensava ser, mas agora é um lindo rei que vive feliz para sempre ao lado de seu amor verdadeiro, a Rainha Bela. E, de todo modo, vocês não morarão no reino dele, e sim no reino vizinho. Os reinos em geral não se misturam, então dificilmente seus caminhos cruzarão com o dele. Não se preocupem.

Anastácia estava confusa.

— O que quer dizer com "vive feliz para sempre"? Não é isso que os autores de contos de fadas dizem da princesa quando ela é salva pelo príncipe?

Rebecca riu outra vez.

— Bem, nessa história, foi a princesa quem salvou o príncipe. Bela é a heroína da história. — Drizela e Anastácia aplaudiram.

— Gostei! Eu gostaria de conhecer a Rainha Bela! — comentou Drizela. — Ah, mamãe, está nos levando para o lugar mais maravilhoso do mundo. Obrigada. — Ela beijou a bochecha da mãe.

Lady Tremaine sorriu e bocejou.

— Vamos, garotas — chamou Babá Pinch, levantando-se. — Sua mãe está cansada, e acho que é hora de a deixarmos descansar. — Ela pegou as meninas pelas mãos e as levou para a cabine ao lado.

— Amo vocês, minhas queridas — disse Lady Tremaine, mandando um beijinho para as filhas. — Vejo vocês no jantar. — Ela estava muito feliz em ver as filhas animadas com a viagem. — Rebecca, fique aqui comigo um pouco — pediu assim que as outras saíram. — O que fez com aquele livro de contos de fadas? Eu gostaria de lê-lo durante a nossa viagem aos muitos reinos.

Rebecca baixou os olhos.

– Desculpe, senhora. Está nos caixotes no compartimento de carga. Posso pegá-lo quando chegarmos aos muitos reinos, assim que puder desencaixotar tudo.

Lady Tremaine assentiu.

– Tudo bem. Mas receio que terá que responder a todas as perguntas minhas e das meninas sobre os muitos reinos até o fim da viagem.

Rebecca riu.

– Será um prazer, senhora.

# CAPÍTULO IX

## OS MUITOS REINOS

Quando as damas desembarcaram do navio, após uma viagem insuportavelmente longa, Lady Tremaine achou que parecia mesmo que haviam entrado em outro mundo. Sentia-se muito aliviada por estar em terra firme outra vez, e esperava que sua vida nos muitos reinos valesse a pena depois da longa jornada. Quase de imediato decidiu que valeria. Estava encantada com os arredores, maravilhada com o magnífico farol, com sua lente de Fresnel brilhando à luz do sol.

— Que reino é este, Rebecca? — perguntou, observando o farol mais alto que já vira. — É um lugar impressionante. — Ela conduzia as filhas pelas mãos, deixando que Babá Pinch encontrasse alguém para levar a bagagem delas até a carruagem que Sir Richard providenciara.

— Estamos no Reino Morningstar, senhora — respondeu Rebecca. — Este é um dos portos mais importantes dos reinos. E aquele, senhora, é o Farol dos Deuses — explicou a moça, indicando a torre ciclópica, que, de fato, parecia ter sido construída por deuses em vez de humanos.

Lady Tremaine e as filhas estavam estupefatas com aquela beleza. Permaneciam mudas, quase enfeitiçadas pela lente que parecia um diamante lá em cima.

– Quem poderia construir um farol desses? – perguntou ela, os olhos arregalados.

– Foi construído pelos Gigantes Ciclopes que controlavam esta parte das terras antes dos Morningstar, e estes últimos erigiram seu castelo para complementar o farol – respondeu Rebecca. – O Farol dos Deuses tem voltado seu olho protetor para incontáveis embarcações há tantos anos que ninguém se lembra mais de quantos. – Rebecca estava claramente feliz em ver a patroa satisfeita com sua nova terra.

Lady Tremaine sentia-se exultante por estar em uma região tão bonita, e ainda mais antiga que a Inglaterra. O Castelo Morningstar localizava-se lindamente no topo do penhasco mais alto, com vista para o oceano. Ela se perguntava se o novo lar também teria uma vista tão deslumbrante como aquela.

– Desculpe, senhora. – Rebecca interrompeu seus devaneios. – Temos que ir. Parece que Babá Pinch conseguiu um carregador. Vamos para a carruagem? É uma longa viagem até as terras do Rei Hubert. – A criada conduziu Lady Tremaine e as filhas até o veículo, uma linda carruagem branca com detalhes dourados, puxada por dois enormes cavalos brancos com plumas amarelas na cabeça. Lady Tremaine estava impressionada por seu noivo ter arranjado um transporte tão pomposo para ela e para as filhas. Depois de ver o Castelo Morningstar e de subir a bordo de uma carruagem tão chique, as expectativas com relação ao que a esperava na nova casa eram altas.

102

Lady Tremaine e as filhas se apertaram em um canto da carruagem, enquanto Rebecca e Babá Pinch se sentaram do outro. A bagagem pessoal delas estava empilhada no topo da carruagem, ao passo que seus baús e caixas foram colocados em outro veículo que as seguia devagar.

As damas conversavam com animação ao passar pelas majestosas e aterrorizantes Montanhas dos Ciclopes. Nunca tinham visto montanhas tão altas e escarpadas, e imaginavam os lendários gigantes cruzando-as com facilidade, enquanto a carruagem contratada por Sir Richard descia devagar pelo caminho sinuoso. Atravessaram vários reinos no trajeto até o novo lar, incluindo um com uma torre alta de pedras onde se dizia que uma garota de longos cabelos mágicos dourados era mantida presa. E, como se aquilo não fosse assustador o bastante, passaram pelo maior cemitério que já tinham visto, cercado por grandes roseiras mortas. Lady Tremaine e as filhas sentiram calafrios ao ver aquilo. Embora fosse um local sinistro, Lady Tremaine viu beleza nele, com a grande mansão de pedras, jardins de inverno, anjos lacrimejantes e feras selvagens esculpidas.

– Aquela é a Floresta dos Mortos – informou Rebecca. – É lá que a Rainha dos Mortos reinou por muitos e muitos anos. – As palavras fizeram Lady Tremaine, as meninas e Babá Pinch tremerem. Lady Tremaine se perguntou para onde havia trazido as filhas. Um lugar onde bruxas aprisionavam garotas em torres, e onde rainhas governavam os mortos. No entanto, pelo menos haviam encontrado seu lugar nos muitos reinos.

— Vejam, garotas – disse Rebecca, apontando enquanto passavam pelo castelo da Rainha Bela. – É lá que o Rei Fera mora. Isso significa que estamos quase chegando.

— Será que veremos o Rei Fera? – perguntou Anastácia, ofegante de tanta empolgação. Entretanto, no instante que chegaram ao cume da montanha que separava o seu reino daquele da Rainha Bela, todos os pensamentos relacionados a esta foram deixados de lado. Estavam, enfim, em casa.

— Ah, mamãe! Veja só o castelo! É lá que vamos morar? – perguntou Drizela, debruçando-se na janela da carruagem para enxergar melhor o castelo do Rei Hubert.

— Não, querida, lá é onde mora a família real – respondeu Lady Tremaine, pensando que aquele era o palácio mais bonito que já vira. Parecia saído de um conto de fadas, com torres altas e pináculos dourados, todo azul-pastel com detalhes dourados. Ela nunca tinha visto tantas torres. Não parecia tão antigo quanto o Castelo Morningstar; não era deslumbrante daquele jeito, mas, na opinião de Lady Tremaine, era muito mais elegante.

— Mamãe! Os topos das torres parecem chapéus de bruxas azuis! – gritou Anastácia, apontando para uma das torres e debruçando-se tanto na janela da carruagem que Babá Pinch teve de puxá-la para dentro.

— Creio que parecem mesmo – concordou Lady Tremaine, mal notando tal momento de tensão. Ela relembrava os avisos agourentos da sra. Bramble sobre as bruxas. Ainda se perguntava se havia feito a escolha certa ao pedir a Lady Hackle que providenciasse que a sra. Bramble fosse morar com a irmã, e decidiu que pediria a Babá Pinch para visitá-la quando voltasse à Inglaterra.

E então a carruagem parou.

– Pessoal, vejam, é nosso novo lar – disse Rebecca.

Lady Tremaine não sabia bem o que esperava, mas a nova casa parecia muito sem graça em comparação com o que havia imaginado. Era um castelo apenas bonito, com uma única torre e janelas altas. Pensou que era uma casa imponente ao seu modo, mas não tão adorável quanto seu lar em Londres. Ela suspirou e decidiu que não havia nada a ser feito quanto a isso. Era ali que moraria agora, então decidiu encontrar características que amasse no lugar. Continuou olhando para a residência, decidindo que seria feliz ali. Precisava fazer do lugar um lar, onde moraria e amaria e seria feliz para sempre.

– Veja, mamãe, nossa casa também tem uma torre de chapéu de bruxa! – espantou-se Drizela.

Lady Tremaine esperava que Sir Richard e Cinderela estivessem esperando por elas na varanda, mas não havia nem sinal deles. Na verdade, não havia ninguém para recebê-las.

– Ninguém veio nos receber? – perguntou Lady Tremaine, achando que talvez tivessem parado na propriedade errada.

– Não se preocupe, senhora. Vou avisar os criados que estamos aqui. Por certo Sir Richard e Cinderela virão nos receber assim que souberem que chegamos. Esperem aqui, por favor. Volto logo – avisou Rebecca, e caminhou depressa até a porta de entrada para tocar a campainha.

Uma mulher idosa de rosto redondo e cabelos brancos abriu a porta e deixou Rebecca entrar. A criada pareceu demorar uma eternidade, e Lady Tremaine não sabia o que fazer. Nunca tinha ouvido falar de alguém que não saísse para recepcionar os convidados, muito menos sua nova família. Ela tamborilava os dedos na lateral da carruagem, nervosa, até que por fim viu Sir Richard sair da residência.

– Lady Tremaine! Enfim chegaram! Ainda bem – exclamou, correndo até a carruagem e abrindo a porta para ela. – Venham! Todas vocês, vamos entrando. Estávamos à sua espera. – Ele segurou a porta aberta para elas. – E vocês devem ser Anastácia e Drizela – falou, olhando para as meninas com atenção, quase como se as avaliasse. – Vocês têm uma beleza como nenhuma outra dos muitos reinos. – Anastácia e Drizela deram risadinhas enquanto desciam do veículo. – Ah, e aqui está a senhora da casa. Seja bem-vinda. – Beijou a mão dela como o cavaleiro galante que era. Lady Tremaine sentiu-se mais animada ante aquela demonstração de cavalheirismo.

– Conhece minha criada de quarto, Rebecca – disse ela. – E esta é Babá Pinch. Veio ajudar a instalar as garotas antes de partir para a Inglaterra.

– Sejam todas bem-vindas. Agora venham. Cinderela está esperando por vocês. Mas não temos muito tempo antes de irmos para a capela. Eu disse ao vigário que estaríamos lá já faz tempo, mas imagino que a viagem tenha atrasado – falou Sir Richard, conduzindo as damas até a porta principal.

A cabeça de Lady Tremaine girava.

– Não percebi que estávamos atrasadas – comentou, com um aperto no peito. – Vamos nos casar hoje? O vestido que pretendia usar... o restante de nossas coisas... está tudo no segundo veículo, que ainda não chegou. – Ela olhou para o chão, como se esperasse que a carruagem brotasse do solo a qualquer momento.

– Bem, querida, não posso instalar em minha casa uma mulher que não é casada nem uma empregada – disse ele. – Temos que nos casar hoje, não tem outro jeito. Ah, veja! Lá vem Cinderela.

Lady Tremaine seguiu o olhar dele até a garota que surgia na porta principal. Achou que era a coisinha mais linda que já tinha visto. Sir Richard não exagerara quando mencionou a beleza da filha. Qual era o segredo dos muitos reinos para gerar pessoas tão bonitas? Primeiro Sir Richard, agora a filha dele. Até Rebecca era bela, com seus cabelos castanhos e grandes olhos amendoados, e Lady Tremaine se perguntou se todos nos muitos reinos eram tão atraentes quanto aquele grupo.

Ela olhou de relance para as próprias filhas, identificando a inveja nelas assim que viram Cinderela. Decidiu quebrar a tensão e se apresentar àquela garota angelical.

– Cinderela, sou sua nova mãe, e estas são suas irmãs, Anastácia e Drizela. Espero que sejamos felizes aqui, todos juntos – apresentou-se Lady Tremaine, sorrindo para a bela jovem.

Cinderela deu um passo à frente, radiante.

– Seja bem-vinda à casa da minha mãe, Lady Tremaine – falou, sorrindo para a nova madrasta.

As palavras de Cinderela pareceram um golpe no coração de Lady Tremaine, que se surpreendeu.

– Seria um prazer se me chamasse de mãe – disse ela. – Porque quero muito ser uma boa mãe para você. – Lady Tremaine tentou permanecer serena, para que a jovem não percebesse que lhe partira o coração.

– Posso chamá-la de Madrasta, se quiser – afirmou a garota. – Papai disse que posso chamá-la de Lady Tremaine ou de Madrasta, mas nunca de mãe.

Lady Tremaine sentiu um aperto no peito, mas não deixou que Cinderela ou seu pai notassem. A garota simplesmente não entendia que suas palavras magoavam. Lady Tremaine se questionou se Cinderela teria sido tão protegida, mantida tão afastada da sociedade, a ponto de não saber como se comportar em público. Bem, parecia que Lady Tremaine teria um trabalho duro pela frente.

– Está bem, Cinderela. Pode me chamar de Madrasta, se você e seu pai preferem assim – falou, embora tivesse a intenção de conversar sobre isso com Sir Richard mais tarde. Ela se deu conta de que não haviam falado dessas coisas na casa de Lady Hackle, mas supôs que seriam uma família de verdade. Talvez Cinderela e o pai só precisassem de tempo, não?

Lady Tremaine notou as filhas irritando-se com o tratamento que Cinderela lhe dispensara, e achou melhor levá-las logo para seus quartos, antes que pulassem em cima de sua bela meia-irmã de cabelos claros. No entanto, quando ia abrir a boca para comunicar que era hora de irem se refrescar, Anastácia falou.

– Minha mãe está tentando ser sua amiga, Cinderela. Por que está sendo tão rude? – perguntou.

E então Drizela se meteu.

— Ah, Tácia, não podemos culpar Cinderela, considerando que tem um pai tão grosseiro. Viemos até aqui e ele nem ao menos veio nos receber… ai!

Babá Pinch havia agarrado o braço de Drizela e agora a puxava em sua direção.

— Drizela, como se atreve a falar assim de seu novo pai? — falou, apertando ainda mais o braço da garota.

— Já chega, vocês duas! — exclamou Lady Tremaine, com o rosto muito vermelho. — Por favor, nos desculpe, Sir Richard. Fizemos uma longa viagem, e as garotas estão exaustas. Se alguém puder nos mostrar nossos quartos, ajudarei as meninas a se aprontarem para a cerimônia. — Ela olhou em vão à sua volta, procurando empregados.

— Babá Pinch, encontrará os quartos das garotas no terceiro andar — disse Sir Richard. — São o primeiro e o segundo quartos depois da escada. O quarto de Lady Tremaine é o terceiro.

Lady Tremaine achou aquilo tudo muito estranho. Onde estariam os criados? Será que teriam de sair andando pelo terceiro andar para encontrar, elas mesmas, seus quartos?

— Rebecca — continuou Sir Richard —, pode levar as coisas de Lady Tremaine para o quarto dela, enquanto Babá Pinch ajuda as garotas a se acomodarem nos próprios quartos. Lady Tremaine e eu temos que ir direto para a capela.

Lady Tremaine titubeou.

— Agora, neste instante? Nem troquei de roupa ainda. E as garotas? Elas não vão com a gente?

Sir Richard segurou a mão dela.

CORAÇÃO GELADO

– Acho que concorda comigo que as garotas não estão dispostas a continuar na estrada, querida. Além disso, será minha última chance de tê-la só para mim por um tempo. Vai me negar isso? – Beijou a mão dela outra vez.

Aquilo tudo soava muito estranho. Lady Tremaine não sabia com exatidão qual era o problema, mas não parecia certo e, naquele instante, quando os lábios dele tocaram sua mão, algo dentro de si lhe gritou que fugisse.

Ela não sabia o que dizer. A última coisa que queria era se casar logo após uma longa viagem. No entanto, pensou que não havia o que fazer. O escândalo que seria se ela se mudasse para a casa de Sir Richard sem estarem casados devia preocupá-lo.

Ela gostaria de ter sabido disso durante a viagem. Teria vestido algo mais apropriado para um casamento. Todavia, escolhera um de seus vestidos roxos mais austeros com uma blusa lilás de gola alta adornada com seu broche de jade favorito. Um traje muito respeitável, mas nem um pouco apropriado para uma ocasião festiva e, com certeza, nada adequado para o seu próprio casamento.

– Muito bem, Sir Richard – disse ela. – Mas terá que me dar licença um instante para que eu me refresque brevemente. Venham, garotas – falou enquanto rumava para a escada, seguida por Babá Pinch, Rebecca e as filhas. Assim que chegaram ao terceiro andar, as meninas começaram a reclamar.

– Mamãe, não gosto daqui – choramingou Anastácia. – A casa é triste e escura, e Cinderela é uma selvagem!

Lady Tremaine concordava, mas segurou a língua. A casa era mesmo escura e meio encardida, e a mobília, embora já tivesse

110

sido bonita, agora estava gasta e sem brilho. Achou que devia ter trazido suas coisas em vez de tê-las vendido; agora precisaria comprar móveis novos para a residência. E onde estavam os empregados? Aquilo não fazia sentido. Nada fazia, na verdade, mas ela ponderou que estava exausta e provavelmente irritada porque havia dormido muito pouco durante a longa viagem.

– É isso mesmo, mamãe! E por que Sir Richard não nos deixa ir ao casamento? – queixou-se Drizela.

Lady Tremaine concordava com as filhas, mas sentia que o cansaço nublava sua mente.

– Minhas queridas, estamos cansadas por causa de nosso longo trajeto de carruagem até aqui, sem contar a viagem de navio. Talvez Sir Richard tenha razão, e vocês três podem ficar aqui e aproveitar para se conhecerem melhor enquanto vamos à capela. Aposto que ele planejou uma grande festa para depois da cerimônia, e é por isso que não vimos nenhum empregado. Aposto que estão todos trabalhando e preparando uma surpresa maravilhosa para nós. Celebraremos todos juntos depois. Talvez, depois que se trocarem, vocês possam dar uma espiada na cozinha para ver o que estão aprontando, que tal? Tenho certeza de que verão um grande bolo de noiva e todo tipo de comida deliciosa. – Aquilo soou tão adorável que até Lady Tremaine quase acreditou. – Não se aflijam, garotas. Sei que Cinderela e o pai não causaram uma boa impressão, mas imagino que estejam tão nervosos quanto nós. Estou certa de que em pouco tempo seremos melhores amigos – falou com animação.

As garotas pareciam esperançosas, mas não convencidas.

– Bem colocado, senhora – disse Rebecca. – Agora vamos aprontá-la para o seu grande dia. – E com isso conduziu Lady Tremaine para o quarto dela, deixando as garotas desnorteadas e sozinhas.

# CAPÍTULO X

# A SENHORA DA CASA

O casamento foi tumultuado. O vigário os esperava em sua minúscula capela branca, e já estava impaciente. Ele apressou a cerimônia, fez ambos assinarem os papéis tendo sua esposa como testemunha, e pronto. Estava feito. Não houve pétalas de rosa, nem beijos, nem bolo. Ninguém pensou em decorar a capela nem providenciar um buquê para Lady Tremaine. Nenhum amigo ou parente celebrando com eles enquanto percorriam o corredor da igreja como marido e mulher. A senhora tinha dúvidas e se sentia muito sozinha.

Tudo não passara de formalidade, e não tinha sido como ela imaginara.

Quando deixaram a capela, uma carruagem real aguardava parada ao lado do veículo deles, e Lady Tremaine pensou, cheia de esperança, que talvez Sir Richard tivesse algo grandioso planejado para eles, afinal.

— Ah, é o Grão-Duque — explicou. — Venha, minha esposa, vou apresentá-la. — Sir Richard caminhou depressa até a carruagem, onde estava parado um homem alto e magro, de bigode e libré cinza; ao vê-lo, Lady Tremaine pensou numa serpente retorcida.

– Grão-Duque, esta é Lady Tremaine, minha nova esposa.

O duque torceu o nariz, o que fez seu bigode tremer.

– Então você por fim conseguiu. Muito bom, meu caro. O rei o aguarda imediatamente. Presumo que já tenha toda a papelada assinada e pronta, não? – perguntou ele.

– Tenho, sim, Grão-Duque – respondeu Richard.

– Muito bem, então venha comigo para o palácio. Foi um prazer conhecê-la, Lady Tremaine. Mandarei lembranças suas ao rei – disse ele, cheio de presunção, o que fez Lady Tremaine vacilar. Ela nem teve tempo de dizer uma palavra, quanto mais mandar lembranças ao rei. E lá estava ela, causando má impressão.

– As coisas são feitas de um jeito estranho por aqui, meu amor. Tem mesmo que ir às pressas registrar nossos documentos de casamento? Gostaria que voltasse para casa comigo, para celebrarmos, em vez de ir direto para o palácio. – Pela expressão do marido, ela entendeu que aquele não era o caso, então acrescentou: – Mas, já que precisa ir, vamos nos despedir com um beijo. – Aproximou-se dele, mas Sir Richard recuou e se afastou dela.

– Ah, por favor! – falou ele, severo. – Não na frente do Grão-Duque.

Lady Tremaine corou, embaraçada. Ela se perguntava por mais quantas humilhações ainda passaria naquele dia. Nada era como havia imaginado. Enquanto voltava para casa sozinha na carruagem, se perguntava como acabara naquela confusão. Sentia-se exausta, havia se casado às pressas e o marido já arranjava desculpas para não a beijar. Ela não tinha um bom pressentimento sobre aquilo.

Sentia-se mais sozinha do que jamais se sentira após a morte do primeiro marido. Pelo menos na Inglaterra havia os amigos para consolá-la. Ali naquelas terras, estava totalmente só.

Quando chegou ao castelo, entrou e permaneceu parada no amplo saguão. A casa estava sombriamente silenciosa, e ela decidiu que talvez estivesse certa; os empregados deviam estar preparando algum tipo de festa de casamento surpresa. Mesmo assim, ao olhar ao redor em seu novo lar, Lady Tremaine não pôde deixar de se sentir decepcionada. O castelo não era tão imponente quanto ela esperava. Era uma residência bonita, mas não tão majestosa quanto a sua casa antiga, em Londres, e daria trabalho redecorar o lugar.

Bem, Lady Tremaine tinha dinheiro, e pretendia fazer exatamente isso assim que se instalasse. Se aquele seria seu novo lar, ela o tornaria o mais bonito possível.

Enquanto permanecia no saguão imaginando todas as mudanças que faria, uma mulher atarracada e de rosto redondo e cabelos brancos presos num coque perfeito desceu a escada com uma grande bolsa de viagem.

— Seja bem-vinda, Lady Tremaine — saudou ela, nervosa.

— Obrigada, senhora... — Lady Tremaine fez uma pausa e ficou esperando.

A velha criada corou.

— Ah, sim, desculpe. Sou a sra. Butterpants. Era chefe da criadagem e governanta de Cinderela.

Lady Tremaine segurou o riso, mas não perdeu tempo.

— *Era* a chefe da criadagem e governanta? Quer dizer que está indo embora? — perguntou, examinando a mulher.

CORAÇÃO GELADO

— Sinto muito, senhora. Achei que Sir Richard lhe tivesse dito. Fui informada de que meus serviços não seriam mais necessários, agora que Cinderela tem uma madrasta.

Lady Tremaine estreitou os olhos e levou a mão ao broche em busca de consolo. Ela estranhou aquilo, já que certamente não era substituta para uma governanta, mas achou prudente não discutir e, para dizer a verdade, estava cansada demais.

— Entendo, mas o que fará, sra. Butterpants? Já tem outro emprego em vista?

A mulher sorriu.

— É muita gentileza sua perguntar. Meu irmão tem uma padaria em um reino vizinho. Com certeza deve ter passado por ela a caminho daqui. É aquela com uma torre bem alta. Vou trabalhar com ele.

Lady Tremaine riu ante o pensamento de quão engraçado era ter uma família de padeiros cujo sobrenome remetia a manteiga: Butterpants.

— Bem, boa sorte então, sra. Butterpants. Antes de ir, posso lhe perguntar onde estão os outros empregados? Fiquei surpresa de não os encontrar aqui quando cheguei.

A sra. Butterpants corou ainda mais.

— Não há outros empregados, Lady Tremaine. Eu era a última.

Mais uma vez, Lady Tremaine não estava entendendo, mas preferiu não mostrar seu desagrado à mulher.

— Entendo. Bem, sra. Butterpants, não quero atrasá-la. Suponho que Sir Richard tenha providenciado seu transporte, não?

A sra. Butterpants disfarçou uma risada.

116

— Não, senhora, mas não se preocupe. Meu irmão mandou um cavalo e uma carroça. Acho que já devem estar à minha espera aí fora.

Lady Tremaine balançou a cabeça. Não gostava da maneira como Sir Richard administrava a casa. Ela teria muito trabalho até colocar tudo em ordem.

— Então faça uma boa viagem, sra. Butterpants — falou, sentindo-se totalmente desnorteada.

— Adeus, Lady Tremaine. Boa sorte para a senhora — despediu-se a mulher enquanto se dirigia à porta. Algo na voz dela soava como se achasse que Lady Tremaine de fato precisaria de sorte.

Lady Tremaine permaneceu lá parada, avaliando o tamanho do lugar e pensando que seria impossível cuidar de tudo sem empregados. Então Babá Pinch desceu a escada, nervosa.

— Lady Tremaine, sabe que não há empregados aqui?

Lady Tremaine esforçou-se para manter a calma e, mais uma vez, levou a mão ao broche em busca de consolo. Estava feliz por tê-lo colocado durante a viagem, pois sentia que precisava de uma camada extra de proteção naquele lugar novo e estranho.

— Sei, Babá Pinch. Sei que só pretende ficar aqui durante duas semanas antes de voltar a Londres, mas poderia lhe pedir que ficasse um pouco mais, até Rebecca e eu providenciarmos novos empregados?

Babá Pinch demonstrava estar tão desconfortável quanto a sra. Butterpants ficara.

— Ah, onde eu estava com a cabeça, falar sobre empregados quando a senhora acabou de se casar? Sinto muito. Onde está Sir Richard? — perguntou ela, olhando ao redor à procura dele.

– Ele tinha assuntos a resolver no palácio. As coisas são muito estranhas aqui, Babá Pinch. No instante que acabamos de nos casar, o Grão-Duque já exigia que nossos papéis do casamento fossem levados para o rei – falou Lady Tremaine. – Mas você não respondeu à minha pergunta. Poderia ficar um pouco mais?

– Lamento, senhora. Gostaria de ficar, mas não posso. Deteste a ideia de ficar tão longe da minha mãe; eu levaria décadas para chegar à casa dela, caso precisasse de mim – disse Babá Pinch, parecendo sinceramente pesarosa.

Lady Tremaine cerrou os punhos, desejando estar em Londres, cercada de empregados, em sua própria casa, com as belas coisas que amava, onde Babá Pinch permaneceria com gosto.

– Entendo, srta. Pinch. Agradeço por já ficar todo esse tempo. Sei que precisa voltar a Londres para ver sua mãe. Você é uma filha muito dedicada, e ela tem sorte de tê-la. Prometo que não a manterei aqui além do combinado. Imagino que agora tenho que descobrir onde arranjar empregados nos muitos reinos.

Babá Pinch sorriu.

– Acho que Rebecca pode ajudá-la com isso – falou.

– Sim, você é muito esperta, Babá Pinch. Eu sabia que aquela garota era uma bênção. Agora é melhor subirmos para contar às meninas que não haverá festa de casamento esta noite.

E, mais uma vez naquele dia, Lady Tremaine se perguntou se tomara a decisão certa ao levar as filhas para o outro lado do mundo, onde não havia ninguém que as amasse ou se importasse com elas.

# CAPÍTULO XI

## OS CAMUNDONGOS

Lady Tremaine estava sentada no quarto enquanto Rebecca desempacotava seus pertences e encontrava o lugar certo para tudo. O veículo com o restante da bagagem enfim chegara enquanto ela e Sir Richard estavam na capela. Lady Tremaine ocupava uma poltrona verde de veludo puído próxima à janela que dava para o pátio. Havia uma fina camada de neve, e a senhora se perguntava se a viagem aos muitos reinos havia demorado mais do que ela pensava. Com certeza não havia levado mais de dois meses. Será que já era mesmo inverno? Ela imaginava como seria bom que Anastácia e Drizela tivessem neve no Natal, como acontecia em Londres, e, com isso, sentiu-se um pouco mais em casa. Suas coisas pareciam não combinar com o novo quarto. Era um aposento cavernoso, com uns poucos móveis que pareciam já ter visto anos melhores, e que não lhe agradavam nem um pouco. Ela suspirou e decidiu espiar pela janela outra vez, perdendo-se na vista do jardim coberto de neve. Era grata pelo período de festas já ter chegado, e esperava que isso unisse todos como uma família.

CORAÇÃO GELADO

– Rebecca, conseguiu encontrar o livro dos contos de fadas, agora que nossas coisas chegaram? – perguntou Lady Tremaine.

– Ainda não, senhora. Prometo lhe entregar o livro assim que o encontrar – respondeu Rebecca, no instante que Babá Pinch entrava no quarto com Anastácia e Drizela.

– Ah, minhas amadas filhas – disse Lady Tremaine, abrindo os braços para que fossem abraçá-la. – Como estão, queridas? Suponho que Babá Pinch esteja ajudando vocês a se instalarem em seus quartos novos, não?

– Sim, mamãe, mas odiamos este lugar. Cinderela é rude, a casa é vazia e detestamos Sir Richard! – desabafou Anastácia.

– É verdade, mamãe. Odiamos. Achamos que viríamos para um lugar mágico, não para uma velha casa de pedras no meio do nada. Nem dá para ver o palácio daqui – acrescentou Drizela.

Cinderela entrou no quarto bem naquele instante e ouviu a queixa de Drizela.

– Isso não é verdade, Drizela. Dá para ver o palácio lá de cima da torre.

Drizela bufou com desdém em resposta.

– Agora, Drizela, seja boazinha com sua nova irmã – recomendou Lady Tremaine.

– Ela não é nossa irmã! – exclamou Anastácia.

Babá Pinch estava prestes a repreender as garotas quando Lady Tremaine fez o possível para criar uma distração que agradasse a todas elas.

– Babá Pinch, se importaria de servir o chá para as garotas aqui? E café para mim. Adoraria me sentar e conversar com minhas meninas – anunciou ela, sorrindo para Cinderela. – Bem, meninas, vamos nos conhecer melhor enquanto esperamos pelo chá. Venha se sentar, Cinderela. Gostaríamos de saber mais a seu respeito – falou, sinalizando a Cinderela que se sentasse perto dela, de Anastácia e de Drizela. Em vez disso, Cinderela sentou-se de frente para as três, mantendo certa distância.

– Espero que esteja gostando da casa da minha mãe, Lady Tremaine – disse ela, sorrindo para a madrasta.

Babá Pinch quase derrubou o carrinho de chá, chocada com as palavras da menina.

– Cinderela, querida, já falamos sobre isso – falou. – Esta casa agora é do seu pai e da sua nova mãe.

Cinderela apenas sorriu docemente.

– Não, srta. Pinch. Papai me disse que esta casa será sempre da minha mãe, não importa quem se denomine senhora da casa.

Lady Tremaine entendeu o ponto de vista da garota, embora aquilo a magoasse. Cinderela não estava sendo maldosa ou tentando ser ofensiva. Ela achava que a menina nem era capaz de ser má. Apenas repetia o que o pai lhe dissera. Simplesmente não entendia nem que suas ações feriam os sentimentos alheios nem o motivo pelo qual machucavam.

– Sim, querida Cinderela. De certo modo, esta casa será sempre da sua mãe, porque o espírito dela se mantém vivo nas lembranças que você tem dela neste lugar. Acho que é um belo sentimento. – Lady Tremaine estendeu a mão para que Cinderela a segurasse. – Sei que já disse isso, mas eu ficaria muito feliz se pudesse me chamar de mãe.

Cinderela revirava o bolso da frente de sua saia, e nem prestava atenção ao que Lady Tremaine dizia.

Coração Gelado

– Cinderela, ouviu o que sua nova mãe disse? – perguntou Babá Pinch, tentando desviar a atenção do que quer que a garota tivesse no bolso. – Cinderela? – chamou-a novamente.

A garota por fim ergueu os olhos.

– Sim?

– Sua nova mãe estava falando com você.

Cinderela uniu as mãos feito um anjo e sorriu para Lady Tremaine.

– O que dizia, Lady Tremaine? – perguntou.

– Não importa, Cinderela. – Lady Tremaine estava magoada e cansada daquela experiência penosa. Mas então Anastácia falou:

– Está sendo rude, Cinderela.

– Está mesmo – intrometeu-se Drizela. – Cinderela, por que não a chama de mãe?

As garotas observavam enquanto Cinderela as ignorava, revirando o bolso outra vez.

Lady Tremaine tocou o broche, deslizando os dedos com suavidade pelo jade frio. Ela estava tendo problemas com a jovem e se esforçava para ser paciente, mas sabia que, se uma de suas filhas agisse daquele jeito, ela não toleraria. Então decidiu que devia dizer algo.

– Cinderela, mostre o que tem aí no bolso e que a distrai tanto a ponto de não se dar ao trabalho de ouvir o que minhas filhas e eu estamos dizendo.

– Acho que não é uma boa ideia – negou-se Cinderela, erguendo os olhos.

– Cinderela, mostre o que tem no bolso agora mesmo, ou farei Babá Pinch levá-la para o quarto sem o chá – repreendeu

Lady Tremaine, tentando usar a mesma tática que já tinha usado com as filhas.

— Tudo bem. Prefiro ir já para o meu quarto, Madrasta — retrucou Cinderela com um sorriso.

*Que garota impossível!*, Lady Tremaine pensou. Ela não entendia aquela menina, que não parecia tentar ser insolente ou desrespeitosa; estava apenas sendo ela mesma.

— Muito bem, Cinderela, volte para o seu quarto, mas insisto que me chame de mãe.

Cinderela foi até Lady Tremaine e estendeu a mão para que a mulher segurasse.

— Desculpe, Lady Tremaine. Não posso chamar de mãe alguém que não é minha mãe. Mas a chamarei de Madrasta, se isso lhe agradar. — Ela olhou para Lady Tremaine, esperançosa.

— Está bem, Cinderela. — Lady Tremaine suspirou, olhando desconfiada para a enteada. — Pode ficar aqui e tomar seu chá comigo e com suas meias-irmãs antes de voltar para o quarto.

— Se isso lhe agrada, Madrasta — disse ela, voltando a olhar para o bolso.

— Não vai nos mostrar o que tem no bolso? — perguntou Drizela, deixando de lado o comportamento apropriado de dama e sentando-se ao lado de Cinderela na namoradeira.

— É, Cinderela, o que tem aí? — perguntou Anastácia.

— Garotas, Babá Pinch já vai servir o chá. Não podem interrogar Cinderela enquanto tomamos chá? — sugeriu Lady Tremaine, em tom de brincadeira.

Ela estava satisfeita em vê-las se dando um pouco melhor, comendo com vontade os sanduíches que Babá Pinch preparara e bebericando o chá feito princesas. As coisas tinham começado mal, mas ela enfim sentia que poderiam ser uma família feliz.

E então Rebecca entrou no quarto.

– O Grão-Duque está aqui. Alega ter uma mensagem do palácio para a senhora.

Lady Tremaine levantou-se e sinalizou para que as garotas fizessem o mesmo.

– Faça-o entrar – falou.

O homem alto entrou semicerrando os olhos. Lady Tremaine achou que ele fazia aquilo para manter seu monóculo no lugar. Era um homem esquisito aquele duque. Mas então Lady Tremaine pensou que todos que conhecera ali até o momento eram bem estranhos.

– Desculpe incomodá-la, Lady Tremaine. Mas nosso rei me enviou para informá-la de que Sir Richard passará as próximas semanas no palácio a trabalho.

Lady Tremaine começou a agitar-se.

– Na nossa noite de núpcias, ainda por cima? – Ela notou o tom de sua voz e achou melhor se calar.

– Receio que não há como evitar, Lady Tremaine. Sir Richard preferiria estar aqui, tenho certeza. Mas, quando o rei convoca um de seus cavaleiros, é dever do cavaleiro para com o rei e o reino seguir suas ordens, não importa o que haja.

Lady Tremaine suspirou.

– E o que exatamente meu marido fará nas próximas semanas, posso perguntar? – Lady Tremaine não conseguia mais disfarçar sua frustração.

– Pode perguntar, senhora, mas receio que eu não possa responder. Agora, se me dá licença, vou embora. Bem-vinda aos muitos reinos. Tenho certeza de que nos veremos na corte. – Ele se curvou num cumprimento breve e deixou o quarto sem maiores cerimônias.

Lady Tremaine sentou-se, totalmente perdida. Aquele estava sendo o dia mais estranho de sua vida. Ela queria berrar e gritar, chorar e bufar, mas não podia. Estava em uma terra estranha, em uma casa estranha em que não se sentia bem-vinda, e agora seu marido – que ganhara esse status havia poucas horas – ficaria afastado misteriosamente em sua noite de núpcias, sem qualquer explicação. E por mais que soubesse que ele não era o homem que alegara ser quando se conheceram na Inglaterra, ela esperava que a frieza que demonstrara em relação a ela após a cerimônia fosse resultado do estresse causado por assuntos do palácio, fossem lá quais fossem.

– Sinto muito, Cinderela, mas parece que seu pai ficará fora por várias semanas. Espero que suas novas irmãs e eu possamos ser uma companhia agradável enquanto ele não volta – disse Lady Tremaine, tentando manter uma expressão serena.

– Ah, eu sabia que papai pretendia ficar longe depois do casamento – contou Cinderela. – Ele havia me dito. – Ela mexeu outra vez no que estava em seu bolso.

– Como assim "ele lhe disse"? – perguntou Lady Tremaine, soando mais severa do que pretendera.

– Papai me conta tudo – respondeu a garota, sorrindo ao que quer que a estivesse mantendo ocupada. Lady Tremaine chegara no limite. Ela sentia a raiva crescendo dentro de si.

Sir Richard havia contado à filha que ficaria fora depois da cerimônia? Era evidente que a fizera viajar às pressas para aquela terra porque queria que alguém cuidasse de sua filha de graça. As humilhações daquele dia iam aumentando, e ela temia que fosse só o começo.

Ela levantou-se do assento e voltou-se para a janela, observando o pátio e tentando se acalmar, mas então começou uma gritaria que fez seus ouvidos doerem. Os gritos eram tão altos que ela achou que as filhas estivessem sendo assassinadas. Quando se virou, viu Anastácia e Drizela de pé nas poltronas, berrando mais alto do que ela imaginou ser possível, enquanto Cinderela procurava desesperadamente algo no chão.

– É um camundongo! Um camundongo! – gritou Anastácia.

– Mamãe! Ela tinha um camundongo no bolso e o deixou escapar! – exclamou Drizela.

– Fiquem quietas! Vão assustá-lo – disse Cinderela.

– Assustá-lo? – berrou Drizela.

– É só um camundongo. Estão vendo? – Cinderela segurava a criaturinha nas mãos em concha e a aproximou do rosto de Drizela. As irmãs pularam das poltronas e correram para a mãe.

– Mamãe, faça Cinderela se livrar dessa coisa horrível! – implorou Drizela.

Lady Tremaine esfregou seu broche, tentando encontrar calma e tranquilidade no coração, para que pudesse lidar com a situação sem se irritar demais com a enteada.

– Meninas, meninas, acalmem-se, por favor. Cinderela, não pode andar por aí com camundongos no bolso. São criaturas sujas. Livre-se dele imediatamente.

Cinderela parecia confusa.

– Desculpe, Madrasta, mas não são sujos. Veja, até fiz uma roupinha para ele. – Ela ergueu o camundongo para que a madrasta visse a criaturinha trêmula que vestia calça verde, camiseta vermelha e um chapéu estiloso.

– Cinderela! Tire já essa coisa da minha cara! Muito bonito, mas não permitirei que mantenha camundongos nesta casa, com ou sem roupa. Essas coisas são sujas, fedidas e transmitem doenças! Insisto que leve o camundongo lá para fora e o solte.

Pela primeira vez, Cinderela foi insolente de propósito e desafiou a madrasta.

– Não farei isso! Os camundongos são meus e não vou soltá-los. Um gato poderia atacá-los se eu os deixasse lá fora.

Lady Tremaine precisou de muita força de vontade para não estapear a garota.

– Camundongos? Está me dizendo que há mais de um? Cinderela, ordeno que solte todos eles no jardim.

– Não! – exclamou ela, colocando o camundongo assustado de volta no bolso e batendo o pé.

– Cinderela! Faça o que estou mandando! Tire esse camundongo do bolso agora mesmo! Você ficará doente.

Cinderela balançou a cabeça em negativa.

– Não sei como são os camundongos de Londres, mas aqui nos muitos reinos eles são seguros e amigáveis. Agora, se me der licença… – disse ela, e virou-se para sair.

– Cinderela! Não se atreva a me deixar falando…

E então o camundongo saltou do bolso de Cinderela e disparou na direção de Lady Tremaine e suas filhas, que subiram de novo nas poltronas, gritando.

– Meninas! Calma! Cinderela, volte já aqui! – Lady Tremaine ergueu os olhos e viu Cinderela saindo do quarto. Embora não pudesse ver o rosto da garota, tinha certeza de que sorria.

– Venha, pequenino. Não devemos ficar onde não somos bem-vindos – chamou-o Cinderela ao deixar o quarto. O camundongo a seguiu saltitante.

Depois que Cinderela se foi, Lady Tremaine precisou da ajuda de Babá Pinch para acalmar Drizela e Anastácia. Quando já estavam outra vez sentadas e tomando chá, Lady Tremaine respirou fundo.

– Que garota terrível! – falou, arrependendo-se na hora por ter dito isso na frente das filhas. Então Rebecca pigarreou.

– Sim, Rebecca?

– Não quis dizer nada na frente de Cinderela, senhora, mas é verdade que os camundongos dos muitos reinos são totalmente seguros. Não transmitem doenças como os de Londres. – Ela encolheu-se de vergonha, claramente incomodada por toda aquela situação.

– Não importa. Arranje um gato – disse Lady Tremaine, estreitando os olhos e tocando o broche. – Vamos, meninas. Cada uma para o seu quarto. Vamos descansar. Amanhã iremos à vila contratar empregados e comprar coisas para a casa. Babá Pinch pode ficar aqui com Cinderela. Rebecca, você virá com a gente. Pode nos mostrar a vila e, enquanto faz isso, falar um pouco mais sobre este lugar estranho que agora chamamos de lar.

# CAPÍTULO XII

# O DIABINHO

Já fazia várias semanas desde que Sir Richard fora para o palácio quando Lady Tremaine foi avisada de que sua misteriosa missão na corte havia terminado e que ele retornaria para casa naquela noite. Ela decidiu que fora bom ele ter ficado longe. Isso lhe dera tempo de botar a casa em ordem, comprar móveis novos, contratar empregados e se acertar o melhor possível com Cinderela. Não havia conseguido se livrar por completo da mágoa do primeiro dia, mas esperava que as coisas melhorassem com Sir Richard de volta. Sentia-se triste com a partida de Babá Pinch para Londres, mas conseguira contratar uma ótima governanta para as meninas, a quem chamavam de Babá. Lady Tremaine perguntou se ela gostaria de ser chamada por seu nome junto ao título de Babá, mas parece que Babá era, de fato, seu nome. E assim ficou.

Era uma adorável senhora de cabelos brancos e olhos brilhantes. Um sonho de babá, paciente e gentil, e fez milagres com as garotas. Elas passavam os dias no quarto de estudos, ou fazendo piquenique no jardim. Ela as encorajava a montar peças na biblioteca e as levava à vila para tomar chá, de modo que pudessem praticar seus modos de dama.

Lady Tremaine sentia-se sinceramente agradecida por ter as garotas longe de suas saias enquanto colocava a casa em ordem e se preparava para o retorno do marido. Depois que Babá e os outros empregados foram contratados, a vida voltou a ser quase como era em Londres. As garotas não ficavam o tempo todo no seu pé, e ela se sentia menos solitária. A vida era perfeita outra vez.

Conforme a hora da chegada do marido se aproximava, Lady Tremaine foi ficando nervosa. Ia de cômodo em cômodo checando se a casa estava impecável, andando atrás das empregadas para ver se estava tudo perfeito. Certificou-se de que havia flores em todos os ambientes e de que a casa estava imaculadamente limpa.

Quando fazia a ronda pela quarta ou quinta vez, andando agitada pelo quarto para garantir que estava tudo certo, Rebecca entrou sorrindo no aposento, trazendo uma cestinha.

– O que tem aí, Rebecca, e por que está toda sorridente? – perguntou Lady Tremaine.

– É um presente para a senhora – anunciou Rebecca, entregando a cesta. – Para me desculpar por ter esquecido de trazer o livro dos contos de fadas. – Ela parecia mesmo arrependida, e em teoria vinha pensando em como corrigir o deslize desde que terminara de desencaixotar as coisas de Lady Tremaine e não encontrara o livro.

– Talvez você não o tenha esquecido, Rebecca. Não se martirize por isso. Fiquei triste por não tê-lo, mas talvez ele acabe aparecendo. – Lady Tremaine olhou dentro da cesta e viu que algo se remexia sob o tecido vermelho.

– Ah, você conseguiu! – exclamou Lady Tremaine com um gritinho, como se fosse uma menina. Ela levantou o pano e lá estava o gatinho preto e branco mais fofo que já vira. – Conseguiu mesmo! Ah, Rebecca, ele é lindo! – Ela o tirou da cesta e o ergueu para ver melhor sua carinha adorável. – Puxa! Quem é você? Veja só esse laço elegante! – Ele se contorcia em suas mãos, então Lady Tremaine o colocou na cama. – É tão fofo, Rebecca, obrigada.

Então o gatinho pulou da cama e enfiou as unhas no belo vestido de Lady Tremaine, fazendo-a rir.

– Ah, seu diabinho! – repreendeu ela, soltando do vestido as garras do gato. – Acho que vou chamá-lo de Lúcifer. É o nome perfeito para uma criatura diabólica como você, que já está estragando meu lindo vestido.

– Passe o gatinho para cá, senhora. – Rebecca pegou o filhote com cuidado das mãos de Lady Tremaine e o colocou de volta na cesta. – Ficarei com ele esta noite. Não quer que… Como é mesmo o nome dele? – perguntou.

– Lúcifer – falou Lady Tremaine. Rebecca parecia confusa, então Lady Tremaine explicou: – É um diabo, aquele que governa as profundezas.

O semblante da criada se transformou ao compreender.

– Ah, como Hades! – exclamou ela, rindo. – Sim, este carinha é encapetado. Acho que o nome combina com ele. – Ela sorriu e fez um carinho na cabeça do gato. – Ele não estragou o vestido – falou, olhando o tecido com atenção, e então erguendo os olhos para o rosto de Lady Tremaine. – Está linda, senhora. Tenho certeza de que Sir Richard ficará admirado.

Lady Tremaine não tinha tanta certeza, mas não o expressou a Rebecca.

– Ah – acrescentou Rebecca –, esqueceu de colocar seu broche favorito. – E foi até a penteadeira buscar o acessório.

– Não quero usá-lo esta noite – disse Lady Tremaine. O broche a fazia se lembrar do falecido marido, e naquela noite ela queria pensar no futuro.

– Suponho que já tenha ido à cozinha algumas vezes para verificar se a cozinheira tem tudo sob controle, não? – perguntou Rebecca.

– Sim. Acho que, se pudesse, ela teria me enxotado de lá com uma vassoura – disse Lady Tremaine, fazendo Rebecca rir outra vez.

– Verifiquei as garotas quando estava vindo para cá – prosseguiu Rebecca. – Falei à Babá que queria que elas jantassem e tomassem banho mais cedo esta noite. Achei que seria bom colocá-las na cama logo depois do jantar, assim a senhora e Sir Richard podem passar o restante da noite a sós.

Lady Tremaine não tinha certeza se aquela era uma boa ideia.

– Cinderela vai querer ver o pai – falou. – Diga à Babá que Sir Richard e eu subiremos para dar um beijo de boa-noite nas meninas, o que acha?

– É uma ótima ideia – concordou Rebecca, sorrindo. – Ah, senhora, temos uma noite maravilhosa planejada. A cozinheira está preparando todos os pratos favoritos de Sir Richard, e garantirei que tudo esteja pronto aqui enquanto vocês jantam. Será uma surpresa.

Lady Tremaine sentia-se mais nervosa a cada instante. Ela desejava, do fundo do coração, que o homem que voltaria do castelo fosse aquele que conhecera em Londres, não aquele saíra correndo logo após o casamento.

– Obrigada, querida Rebecca. Será uma noite inesquecível.

‡ ‡ ‡

Lady Tremaine coordenou todos os empregados, para que fossem receber o marido assim que ele chegasse. Achou que seria uma ótima surpresa para que percebesse como a esposa havia administrado a casa enquanto estivera fora. Todos aguardavam em fila no saguão em seus elegantes uniformes em preto e branco, posicionados dos dois lados da entrada, deixando espaço no meio para que Sir Richard pudesse passar por ali e cumprimentar cada um deles.

Lady Tremaine esperava no centro, bem na frente, para recepcionar o esposo no instante que ele passasse pela porta. Anastácia, Drizela e Cinderela posicionavam-se ao pé da grande escadaria, usando seus melhores vestidos. Estavam perfeitas, como um retrato, todas imóveis e comportadas feito damas.

Todos levaram um susto quando a porta se abriu com força e sem cerimônia, e a voz de Sir Richard ribombou:

– Olá, meu amor. A garota mais bela de todas – saudou, indo na direção de Lady Tremaine. Ela sentiu-se tola por ter temido aquele momento, por ter se perguntado se ele a amava, por ter duvidado de que ele ficaria feliz ao vê-la em casa.

– Bem-vindo ao lar, meu amor – disse ela, pronta para receber um abraço, mas ele não a tomou nos braços. Em vez disso, passou direto por ela e correu para Cinderela, que o esperava com lágrimas nos olhos.

– Minha menina! Como está? Sentiu saudade do papai?

Lady Tremaine nunca tinha visto um homem tão feliz ao encontrar a filha. Ele a abraçou de modo tão apertado que ela achou que a pobre garota fosse se partir ao meio.

Lady Tremaine levou a mão ao peito, em busca de seu broche predileto, mas ele não estava ali. Ela precisava do broche. Precisava de uma camada extra, de algo que lhe protegesse o coração. Ficou lá parada, sentindo-se exposta, magoada e perdida, mas manteve a compostura e passou pelos empregados, que lhe lançaram olhares tristes, indo se juntar ao marido e às filhas.

– Senti muita, papai! Não tenho que ir para a cama agora, tenho? A Babá contou que a Madrasta diz que sim, mas quero ficar acordada para ouvir suas aventuras. E não preciso me livrar dos camundongos, não é? – perguntou ela, enlaçando o pescoço do pai.

Ele riu.

– Claro que não precisa ir para a cama cedo nem se livrar dos seus camundongos, meu anjo. E quem é essa Babá? – Ao erguer os olhos, Richard enfim notou os empregados em fila.

– Espere um pouco, meu amor. Não cumprimentei suas meias-irmãs e sua madrasta. Anastácia, Drizela – disse ele, olhando para as meninas. – Minha esposa. Podemos ter uma palavrinha no outro cômodo?

Lady Tremaine titubeou. Ela não sabia o que esperar. Será que ele queria ficar a sós com ela porque não se sentia à vontade de demonstrar afeto na frente dos empregados? Pelo tom de voz dele, parecia que ela levaria uma bronca, embora não conseguisse imaginar o motivo.

– É claro, marido – falou, estreitando os olhos para o marido enquanto o seguia até o escritório.

Sir Richard sentou-se atrás da grande mesa antiga, deixando Lady Tremaine de pé como se fosse uma aluna petulante prestes a levar uma reprimenda do diretor.

– O que significa isso? Explique-se.

Ela piscou, surpresa, tentando entender o que ele queria dizer com aquilo.

– Está falando dos camundongos? Já pedi desculpas a ela, Richard. Não sabia que eles não eram como os camundongos de Londres.

Sir Richard balançou a cabeça, como se para espantar um mau pensamento.

– É óbvio que nossos camundongos são diferentes dos camundongos londrinos! Disse a ela que não podia ficar com os camundongos? Não pode negar a Cinderela nada que ela quiser, entendeu? Ela perdeu a mãe.

Lady Tremaine permaneceu calada. Ela entendia o sentimento dele. Também se sentira assim quando o marido morrera.

– Mas não estou falando dos malditos camundongos. O que significam todas essas coisas novas e todos esses empregados? Eu disse que podia fazer isso? – perguntou.

Ela buscou o broche outra vez, sentindo que precisava dele.

– Não achei que precisasse de sua permissão – falou, recuperando a coragem e a voz.

– Mas precisa.

Ela não entendia por que estava se segurando. Jamais agiria assim com Lorde Tremaine. Talvez apenas não pudesse crer que aquela fosse a primeira conversa deles após o casamento. Talvez não quisesse começar tudo com o pé esquerdo após o retorno do marido, como fizera ao conhecer Cinderela.

– Sei que está acostumada a ser independente e a gastar seu dinheiro como quer, mas seus caprichos e extravagâncias não têm lugar aqui, minha senhora. Seu status não vale nada aqui nos muitos reinos. Sou eu quem manda aqui.

Lady Tremaine balançou a cabeça.

– Se o problema são as despesas, Sir Richard, saiba que o dinheiro que gastei era todo meu.

Sir Richard riu com desdém.

– Não, o dinheiro é meu. Agora estamos casados. E eu decido como gastá-lo. – E emendou: – E, por falar nisso, onde estão os belos móveis da minha esposa, que você trocou impulsivamente por essa porcaria espalhafatosa?

Lady Tremaine baixou os olhos. Sentia-se péssima. Não havia imaginado que trocar aqueles móveis antigos deixaria o esposo tão bravo. Não lhe ocorrera que todas aquelas coisas velhas tinham um significado.

– Sinto muito, Sir Richard. Doei tudo – falou.

O homem bateu com os punhos cerrados na mesa.

– Não sei se posso perdoar isso. Você passou dos limites. – Então olhou para o retrato da falecida esposa pendurado sobre a lareira, e seu semblante se suavizou. Richard parecia triste, quase resignado. – Bem, não há nada que possamos fazer a respeito – falou –, mas dispensará os empregados amanhã cedo.

– E quem limpará a casa, fará as refeições e cuidará das meninas? – perguntou ela, tentando não chorar na frente do marido. Buscou o broche outra vez e se decepcionou de novo por não o ter colocado.

– Você, é claro – afirmou ele. – Agora, se me der licença, quero passar um tempo com minha filha.

# CAPÍTULO XIII

# VÉSPERA DE NATAL

Lady Tremaine dispensou a maioria dos empregados, como exigia seu marido, exceto Babá e Rebecca, que ele concordara, com relutância, em manter. Ela perdera tudo. A casa em Londres, todo o seu dinheiro e a dignidade – tudo pertencia a ele agora. Escreveu ao antigo advogado, conforme orientação de Lady Hackle, mas nada podia ser feito naquela situação. Todo o dinheiro dela agora pertencia ao marido, segundo as leis dos muitos reinos: mediante casamento, todos os bens de uma mulher passam a ser controlados pelo marido ou pai, a menos que esses dois estejam mortos. Lady Tremaine sabia disso antes de se casar. Afinal, não era muito diferente de como as coisas funcionavam em Londres, mas não se preocupara na ocasião. Devido ao título dele, ela supôs que Sir Richard tivesse mais dinheiro do que tinha. Mas logo descobriu que se enganara.

O advogado dela fez uma averiguação e descobriu que, antes de se casar com Lady Tremaine, Sir Richard não tinha um centavo, e estava desesperado para se casar com uma mulher rica para não perder sua casa. Ele tinha uma grande dívida com a Coroa,

Coração Gelado

e usou a maior parte da fortuna de Lady Tremaine para pagar o que devia. Agora ela entendia a irritação dele ao ver quantos empregados ela havia contratado e qual era o "assunto da corte" que ele fora tratar às pressas, embora continuasse achando que o tempo que o marido ficara longe de casa não correspondesse bem a isso. Lady Tremaine lhe perguntara várias vezes o que ele fizera no palácio, mas o marido apenas desviara da pergunta, dizendo que era assunto de homens e que ela devia se colocar em seu lugar de senhora da casa.

Não demorou muito para ela se sentir infeliz, sozinha e deprimida. Desabava na cama ao final de cada dia, cansada demais até para passar um tempo com as filhas. Para falar a verdade, tinha vergonha que elas a vissem naquele estado. Sua única companhia era o gato Lúcifer, sempre ao seu lado – isto é, quando não estava caçando os camundongos que Cinderela tentava acrescentar à sua coleção. Não havia nada que Lady Tremaine pudesse fazer a respeito dos camundongos que Cinderela já tinha, Sir Richard deixara isso bem claro, mas ela estava determinada a impedir que a garota arranjasse mais animais.

Lady Tremaine passava os dias limpando a casa toda, esfregando o piso, batendo tapetes, lavando louça, fazendo comida, polindo a prataria, trocando as velas de todas as arandelas e lustres, acendendo lareiras, lavando roupa e muito mais – tudo sob o olhar vigilante da primeira esposa de Sir Richard. Dos retratos pendurados em quase todos os cômodos do castelo, ela supervisionava tudo que Lady Tremaine fazia. E Cinderela estava sempre lá para lembrá-la de que a casa ainda era de sua mãe, para reclamar que sentia falta dos móveis antigos ou de como a mãe fazia as coisas. Lady Tremaine sentia-se indesejada. Tinha virado empregada na própria casa. Ainda bem que havia Babá, que cuidava das meninas, e Rebecca, que fazia o possível para ajudar Lady Tremaine com as tarefas.

Antes que percebesse, já era véspera de Natal, e Lady Tremaine queria fazer algo especial para aquela noite. Ela e as garotas mereciam festejar um pouco. A seu pedido, Rebecca preparava um farto jantar para a família. Lady Tremaine não podia comprar presentes para as meninas, mas tinha algumas coisas que achava que elas apreciariam, então as embrulhou. Pretendia colocar os pacotes debaixo da árvore que Babá decorara com tanto cuidado enquanto as garotas cochilavam.

Babá havia arranjado um projeto especial para as meninas naquela semana, e as ajudara a fazer estrelas prateadas e luas douradas de papel, sem lhes dizer que os enfeites eram para a árvore. Ela e Lady Tremaine acharam que seria uma bela surpresa para as garotas ver suas criações em destaque na árvore da família. Seria mais uma maneira de todos celebrarem juntos.

Lady Tremaine estava exausta após um longo dia. Ela acordara cedo para terminar todo o serviço doméstico. Sem a ajuda de Rebecca e Babá, não teria tido tempo para ficar apresentável no jantar, nem para arrumar os presentes que estava ansiosa para dar às meninas. Ela gostaria que o marido concordasse em contratar mais empregados. Odiava dar mais tarefas a Babá e Rebecca, pois já tinham coisas demais a fazer.

Ao passar pelo escritório de Sir Richard, decidiu que perguntaria se podiam contratar alguém, pelo menos para ajudar na cozinha. Nas circunstâncias atuais, com frequência ela acabava pedindo a Rebecca que preparasse pratos especiais, o que não era função dela.

Parada diante da porta do escritório, Lady Tremaine tentava tomar coragem para entrar, procurando evocar algo do seu antigo eu, mas se sentia feia, toda suja de fuligem depois de ter esfregado o piso. Ao esticar a mão na direção da maçaneta, viu que as mãos estavam inchadas, rachadas e esfoladas. Suspirou, decidindo que seria melhor tocar no assunto com o marido mais tarde, depois do jantar especial que planejara.

‡ ‡ ‡

Lady Tremaine decidiu usar o vestido vermelho que usara na noite em que Sir Richard a pedira em casamento, e pediu a Babá que garantisse que as meninas também usassem algo festivo, sem se esquecer de checar os bolsos de Cinderela para ver se não havia nenhum camundongo antes de descer com elas para a sala de jantar.

O ambiente estava lindo. Lady Tremaine havia decorado o aparador da lareira, esquadrias e batentes com ramos de azevinho e enchera o ambiente de velas brancas. Havia meias penduradas na lareira, uma para cada garota, com pequenas lembrancinhas que ela fizera e algumas bijuterias suas que ela achava que fossem agradar às meninas. Tinha até feito uma roupinha para um dos camundongos de Cinderela com uma de suas antigas bolsas de tecido brilhante. E a árvore estava magnífica, cintilando à luz das velas, exibindo os enfeites criados pelas garotas. Seria uma noite perfeita.

Enquanto esperava pelas meninas e por Sir Richard, parada na entrada da sala de jantar, voltou a se sentir como antes. Esticou a mão e tocou o broche de jade, que fizera questão de prender no vestido naquela noite. Ela adorava o toque frio da pedra aos seus dedos, e pensou que era assim que se sentia: fria, forte, sólida. Nada que Sir Richard dissesse naquela noite poderia abalá-la ou derrubá-la. Sentia-se maciça e imóvel, feito uma estátua.

E então ela viu as filhas descendo a escada com seus alegres vestidos natalinos de veludo vermelho. Cinderela estava de dourado, e todas pareciam lindos anjos de Natal.

Sir Richard desceu alguns minutos depois, estreitando os olhos para os vestidos festivos e a decoração.

– O que é isso? – perguntou ele, chegando mais perto. – Bem, está bonita, Cinderela. – Ele sorriu para a filha. – Qual é a ocasião? – questionou, olhando para Lady Tremaine, Anastácia e Drizela. – Por que estão vestidas de vermelho? – Ele lançou um olhar para a sala de jantar. – E o que é aquilo?

– Ah, mamãe, você se lembrou – Anastácia disse, abraçando a mãe.

– É véspera de Natal! – Drizela bateu palmas de alegria.

– O que significa isso? Explique-se – exigiu Sir Richard, pegando as meias penduradas na lareira.

– São meias de Natal, meu marido.

Anastácia e Drizela correram para espiar o que havia dentro das meias.

– Conhecem as regras, meninas. Nada de espiar. Podem abrir os presentes depois do jantar, se quiserem – comentou Lady Tremaine, rindo. – Cinderela, há uma meia para você também.

– Obrigada, Madrasta – agradeceu ela hesitante, olhando para o pai.

O rosto de Sir Richard ficou vermelho.

– Sumam já com essa árvore! – falou ele, a voz grave e irritada.

– Ah, papai, ela não sabia – disse Cinderela, tentando acalmar o pai. – Veja, Anastácia, Drizela e eu fizemos os enfeites!

Sir Richard fez cara feia para ela.

– Você sabia disso e não me disse nada?

Cinderela segurou a mão do pai.

– Eu não sabia para que serviriam os enfeites, pai. Sinto muito. Mas a árvore não está bonita? Senti falta disso na Noite Mais Longa, e foi muita gentileza de Lady Tremaine fazer tudo isso para nós – disse ela, o que surpreendeu Lady Tremaine, que passou a gostar um pouquinho mais da menina.

Sir Richard afastou-se da filha e parou diante da lareira, olhando para o retrato da falecida esposa. Ela era a cara de Cinderela, apenas mais velha. Era como se conversasse com a falecida esposa mentalmente, como se fizesse as pazes com ela.

Anastácia, Drizela e Lady Tremaine apenas observaram, sem saber o que fazer.

– O que fiz de errado, Cinderela? Por que seu pai ficou tão chateado? – sussurrou Lady Tremaine.

– A Noite Mais Longa era um momento especial para mamãe e papai. Foi quando ficaram noivos. Sempre fazíamos uma grande festa para comemorar a data.

Lady Tremaine compreendeu.

– Sinto muito, Richard. Eu não sabia. Não podemos começar nossa própria tradição de celebrar Natais? Se não por nós dois, ao menos pelas garotas?

Ele se virou com um sorriso de desdém.

– E é assim que celebram em Londres, pendurando roupa suja na lareira? Isso é uma ofensa à data – falou, balançando a cabeça.

– Mas planejei um jantar de Natal para nós. Rebecca cozinhou o dia todo. – Ela prendeu o fôlego, esperando que ele não desapontasse as meninas.

– Não comemoramos o Natal nos muitos reinos. Rebecca devia lhe ter dito isso – falou ele, irritado.

– Papai, não pode apenas se sentar e aproveitar o jantar que a Madrasta planejou? Podemos ter uma noite agradável, papai, se ao menos tentar. – Cinderela foi até o pai e lhe deu um beijo. – Por favor, papai. Por mim?

Para a surpresa de Lady Tremaine, o semblante dele serenou.

– Está bem, meu anjo, sabe que não nego um pedido seu – disse ele, e sinalizou a todos que se sentassem para jantar.

O jantar até que transcorreu bem, considerando a situação. Rebecca preparou um banquete, embora Lady Tremaine se perguntasse por que ela e Babá não lhe haviam contado que o Natal não era celebrado nos muitos reinos. As palavras de Sir Richard ainda doíam, mas pelo menos dava para entender de onde vinha aquela dureza dele. Ela e as filhas permaneceram em silêncio durante quase todo o jantar, enquanto Sir Richard dedicava toda a sua atenção à filha, que fazia o possível para envolver todos na conversa.

– Não é um jantar maravilhoso, papai? Lady Tremaine fez um ótimo trabalho, não acha? – perguntou Cinderela, surpreendendo a madrasta outra vez. Ela se perguntava se enfim ela e Cinderela seriam amigas.

– Que eu saiba, foi Rebecca quem preparou a refeição – falou ele, enfiando mais comida na boca com avidez. Aquilo deixou Lady Tremaine um pouco enjoada. Ela detestava falta de modos à mesa. Detestava quase tudo em Sir Richard, percebeu. Continuou lá sentada, encarando-o com desgosto, perguntando-se como pudera se deixar enganar pelo comportamento do homem. Ela o havia achado tão encantador quando se conheceram, e agora mal conseguia disfarçar seu desprezo por ele.

– Sim, ela é uma ótima cozinheira. – Lady Tremaine sorriu para Cinderela, mostrando seu agradecimento pelo esforço que a garota fazia para manter um bom clima à mesa.

– Embora essa função não seja de Rebecca, não é? É a senhora da casa quem deve preparar as refeições – falou ele.

– Ouso dizer que o palácio tem um cozinheiro, assim como metade das pessoas desta vila – comentou Lady Tremaine. – Não sei por que não podemos contratar uma garota ou mais para nos ajudar nas tarefas domésticas. É muito difícil dar conta de tudo sozinha.

Sir Richard riu.

– Agora está se comparando a uma rainha? Você se acha importante e soberana demais para cozinhar para a própria família?

Lady Tremaine passou os dedos pelo broche.

— Claro que não, marido. Mas não seria ruim ter ajuda com as tarefas, e insisto que contratemos mais empregados. — Ela se sentia corajosa ao permanecer sentada diante dele, usando o broche que o antigo marido lhe dera. Sentia-se forte, e não havia nada que ele pudesse fazer para mudar aquela sensação. Ou pelo menos era isso que ela achava no momento.

— Bem, se significa tanto para você, então tudo bem. Pode ter alguém ajudando nas tarefas — cedeu ele, empurrando o prato para longe, agora que já terminara de comer. Mais um hábito que ela detestava. — Mas não precisa contratar ninguém. As garotas podem ajudá-la. — Desferiu tapinhas na própria barriga, feito um rei gordo.

— Mas e o estudo delas? Achei que havíamos decidido que Tácia, Zela e Cinderela continuariam estudando — questionou Lady Tremaine.

— Ah, Cinderela continuará estudando. Estou falando das suas filhas. Anastácia e Drizela — falou ele.

Anastácia e Drizela levantaram-se num salto.

— O que significa isso, mamãe? — perguntou Drizela, correndo até a mãe.

Anastácia a seguiu.

— Ele não pode estar falando sério!

— Isso não é justo! — bradou Cinderela. Lady Tremaine ficou chocada ao ver Cinderela defendendo as meias-irmãs.

— Você é um amor, Cinderela, e está virando uma bela jovem, como era a sua mãe. É impressionante como vocês se parecem — comentou ele, ignorando Anastácia e Drizela e sorrindo para a filha. – Acho que é hora de apresentá-la à corte. Faz tempo que desejo vê-la casada com o príncipe.

Cinderela deixou cair o garfo, que bateu no prato com um ruído alto.

– Ah, papai, nunca vou deixar você. Nunca – ela disse.

– Bem, acho uma ótima ideia apresentar as garotas à corte – sugeriu Lady Tremaine, examinando com atenção o rosto do marido para adivinhar o que estava pensando antes de responder. Mas a resposta foi bem clara.

– Não pretendo apresentar suas filhas à corte, Lady Tremaine. Elas estarão ocupadas demais na cozinha, ajudando nas tarefas domésticas.

Lady Tremaine ficou lívida.

– Por que apenas não contratou uma empregada, Sir Richard? É óbvio que era isso que queria desde o início – disse Lady Tremaine.

Sir Richard riu com desdém.

– Porque empregadas não têm dotes e, além disso, é preciso pagá-las – respondeu ele, com um sorriso sarcástico.

# CAPÍTULO XIV

# AS IRMÃS ESQUISITAS

Cinco longos anos se passaram desde aquela terrível véspera de Natal, e as garotas agora já tinham idade suficiente para serem apresentadas à corte, mas Sir Richard não queria nem ouvir falar do assunto.

– Mas por que não deixa minhas filhas serem apresentadas com Cinderela? – Lady Tremaine tocou no assunto numa manhã enquanto ele se dirigia para a porta, prestes a ir para o palácio.

– Não tenho tempo para essa conversa outra vez. Os padrões são outros aqui nos muitos reinos. Suas filhas não são… bem, apresentáveis, digamos, e seria uma vergonha, para mim, apresentá-las como minhas em público. Espero que entenda. – Richard tentou encerrar a conversa saindo apressado, mas Lady Tremaine o seguiu.

– Não entendo! O que está dizendo? Minhas filhas são lindas! – exclamou ela com sinceridade, porque achava isso mesmo. Mas Sir Richard riu.

CORAÇÃO GELADO

– Acredita mesmo nisso, não é? – falou ele, seguindo para a carruagem. – Tenho que ir agora. Estou atrasado. E não quero mais ouvir falar a respeito, entendeu?

A carruagem partiu, deixando Lady Tremaine para trás. Ela sentia-se zangada, mas não havia nada que pudesse fazer. Estava presa nos muitos reinos, presa naquela casa e presa num casamento. Sua única esperança era tentar escrever outra vez para Lady Hackle. Lady Tremaine e as filhas não aguentavam mais. Estavam infelizes. Ela havia escrito para Lady Hackle algum tempo atrás, para ver se a amiga poderia mandar um dinheiro para que ela e as filhas comprassem passagem de volta a Londres, mas Lady Hackle nunca respondera, o que preocupou Lady Tremaine, pois não tinha notícias da outra desde que chegara aos muitos reinos. Ela esperava que, assim que as filhas tivessem idade suficiente, pudessem se casar com os filhos de Lady Hackle, de modo que pelo menos as garotas se livrassem daquele lugar horrível. Mas, como não recebera resposta da amiga, começava a achar que ela e as filhas jamais conseguiriam escapar de Sir Richard e dos muitos reinos.

Dirigiu-se para o quarto a fim de escrever outra carta e encontrou as filhas chorando em sua cama.

– Qual é o problema, meninas? – perguntou, indo depressa na direção delas e abraçando-as.

– Ouvimos o que Sir Richard disse. Ele nos acha feias – anunciou Drizela.

– Ninguém vai querer se casar com a gente – disse Anastácia.

– Isso não é verdade, pombinhas. Vocês são bonitas. E não se esqueçam de que foram prometidas aos filhos de Lady Hackle.

150

Na verdade, eu ia justamente escrever para ela, perguntar se vocês podem ir visitá-la.

O rosto das garotas se iluminou.

– É sério, mamãe? Por que não vem com a gente? – sugeriu Anastácia. – Sabemos que está infeliz aqui. Por que não vai embora? Sir Richard é horrível. Nunca saímos daqui e nunca fazemos nada. Ficamos sempre trancadas em casa fazendo serviços domésticos, e ninguém vem nos visitar. Odiamos este lugar!

– Também odeio este lugar, queridas. Se jurarem guardar segredo, conto a vocês o que pretendo fazer. Escreverei a Lady Prudence pedindo que nos mande dinheiro para comprarmos passagem para Londres o quanto antes. Prometo que não as manterei aqui um segundo além do necessário. Farei o possível para tirá-las desta casa. Não se esqueçam disso. – Ela deu um abraço apertado nas filhas.

– Obrigada, mamãe – disse Drizela.

– Muito bem, queridas, vão estudar com Babá enquanto Sir Richard está no palácio. Farei o serviço de vocês; ele não precisa saber que vocês não fizeram. Vão e estudem bastante enquanto ele não está em casa. Deixem-me escrever para Lady Prudence. – Ela beijou as filhas, que saíram depressa do quarto.

Enquanto escrevia a carta, Rebecca entrou no aposento.

– Com licença, senhora. Estou procurando Lúcifer. Cinderela diz que ele voltou a perseguir os camundongos, quero ter uma conversa com ele.

– Procure na cozinha, ele gosta de provocar o cachorro. Ou talvez no sótão; ele adora ficar lá porque bate bastante sol e é quentinho. – Lady Tremaine não tirou os olhos da carta.

# Coração Gelado

– Posso levar a carta à vila e mandá-la para Lady Hackle assim que a senhora tiver terminado de escrever – ofereceu Rebecca. Lady Tremaine ergueu uma das sobrancelhas. – A propósito, Lady Hackle disse se encontrou o livro dos contos de fadas? Eu me sinto péssima por não tê-lo encontrado em nenhum dos baús.

– Não disse. Incluirei uma observação sobre isso outra vez – declarou ela, assinando a carta e colocando-a no envelope. Enquanto escrevia o endereço e afixava o selo de cera, perguntou-se como Rebecca sabia que ela estava escrevendo para Lady Hackle. No entanto, para quem mais ela poderia escrever, não é? – Antes de sair, diga à Babá que fique de olho para ver quando Sir Richard está chegando. Não quero que ele pegue Anastácia e Drizela estudando com Cinderela – falou.

– Compreendo, senhora. – Rebecca pegou a carta de Lady Tremaine e deixou o aposento.

Enfim a sós, Lady Tremaine deixou escapar um grande suspiro. Havia decidido que de jeito nenhum ela e as filhas passariam mais uma quinzena naquele castelo. Se não tivesse resposta de Lady Hackle dentro de uma semana, roubaria seu dinheiro de volta se fosse preciso e, caso não houvesse como fazê-lo, venderia alguma coisa. Mas de um jeito ou de outro deixaria aquele lugar.

Ela ergueu os olhos e viu no espelho um rosto que não reconhecia. Era seu próprio rosto, é claro, mas parecia o de outra pessoa. Sua imagem estava velha, emaciada, extenuada, devido a todo o trabalho que fazia para manter a casa de Sir Richard em ordem – a casa da *primeira esposa* de Sir Richard, ela corrigiu a si mesma. Lady Tremaine não conseguia se livrar daquela mulher, não com todos aqueles retratos que a assombravam pela casa, com os olhos da falecida observando cada passo seu. Pelo menos Cinderela a estava tratando bem desde o jantar de véspera de Natal. Isso facilitava as coisas, embora as duas não fossem exatamente amigas. E como poderiam ser, se Lady Tremaine se ressentia da garota, que era tratada como uma princesa enquanto ela e as filhas serviam de empregadas e eram humilhadas a cada oportunidade?

Aquele estava sendo um dia longo, e Lady Tremaine ainda tinha que fazer todo o trabalho doméstico, além do serviço das filhas. Aquela se tornara a rotina dos dias em que Sir Richard ficava na corte, e ela era grata por ninguém de casa tê-lo alertado sobre aquela pequena enganação.

Enquanto descia a escada para dar início às tarefas do dia, ouviu alguém batendo à porta. Ninguém as visitava, então uma súbita animação tomou conta dela. E se fosse o Grão-Duque, para lhe avisar que Sir Richard tinha sido morto? No mesmo instante, sentiu-se mal por tal pensamento.

Ela abriu a porta e lá estavam três mulheres idênticas. Eram jovens, mas ao mesmo tempo havia algo de antigo nelas, algo que lhes conferia um aspecto atemporal. Formavam um trio de bruxas exatamente iguais, com rostos alvos e austeros e olhos fundos que saltavam de suas órbitas escuras, o que criava um contraste mórbido com as bochechas e os lábios pintados de cores vívidas. Lady Tremaine não sabia o que fazer com aquelas mulheres e pensou que, talvez, fossem uma trupe de atores itinerantes que pretendiam fazer uma apresentação para a família.

— Olá, damas, posso ajudá-las? — perguntou ela, medindo-as de cima a baixo. As mulheres usavam longos vestidos negros volumosos ajustados na cintura, com corpetes com detalhes prateados e arranjos de flores dourados brilhantes nos cabelos escuros.

– Estamos aqui para ajudar *você*, Lady Tremaine – informou a mulher que estava no meio. – Meu nome é Lucinda, e estas são minhas irmãs, Ruby e Martha. – Ela indicou as irmãs com o sorriso mais misterioso que Lady Tremaine já vira. No entanto, antes que Lady Tremaine pudesse falar, o semblante de Lucinda se transformou, e em segundos suas irmãs pareceram dominadas pelo pânico. – Minhas irmãs e eu sentimos que você tem uma empregada que atende pelo nome de Babá, não tem? Por favor, diga que não deu a ela seu broche. Vemos que não o está usando – falou ela, tentando espiar o interior da casa com olhos grandes como os de um pássaro selvagem.

Lady Tremaine se surpreendeu.

– Não vejo como isso pode ser de sua conta – falou. – E como sabem do meu broche? – Ela levou a mão ao peito à procura dele e não o encontrou, mas então se lembrou de que sempre o tirava para fazer faxina. – E quem exatamente são vocês? – perguntou. Algo nelas deixava sua mente confusa. Era como se tentasse sair da neblina cada vez que diziam algo.

– Ah, este é um reino pequeno, senhora – comentou Lucinda, dando uma risadinha.

– Sim, muito pequeno – confirmou Ruby.

– Conhecemos bem a sua história. Nós a temos visto sendo escrita – falou Martha.

– Sabemos de suas dificuldades, senhora. Sabemos que é prisioneira em sua própria casa. Uma empregada de Sir Richard e sua terrível filha, Cinderela. Mas podemos ajudá-la – ofereceu Lucinda.

– Sim, Lady Tremaine, podemos ajudá-la – enfatizou Ruby, tirando um frasquinho do bolso e o estendendo a Lady Tremaine. – As leis nos muitos reinos são parecidas com as da Inglaterra. Se o seu marido morrer, todo o dinheiro dele passa para você, já que não há um herdeiro homem. – Ela sorriu com malícia.

Lady Tremaine afastou-se das irmãs, assustada e revoltada. O que estavam sugerindo? E o que havia naquele frasquinho?

Seu medo fez as irmãs rirem, o que confundiu ainda mais a mente de Lady Tremaine.

– Não banque a inocente conosco, Lady Tremaine. Sabemos o que se passa em seu coração. Foi ele quem nos trouxe aqui. Desejou a morte de Sir Richard há alguns instantes – lembrou-a Lucinda, rindo.

– De fato, é a única maneira de sair dessa – falou Martha.

– Sim, a única – acrescentou Ruby, unindo-se às irmãs numa risada.

Lady Tremaine de repente se deu conta de algo terrível: a sra. Bramble tinha razão sobre aquele lugar. Será que aquelas mulheres eram as bruxas sobre as quais ela lhe advertira? As autoras do livro de contos de fadas ali paradas à sua frente?

– Sugiro que sumam já daqui, antes que eu chame alguém para expulsá-las – aconselhou Lady Tremaine.

As irmãs riram outra vez, adentrando a casa, centímetro a centímetro.

– E quem vai chamar? – perguntou Martha, avançando na direção de Lady Tremaine e fazendo-a recuar cada vez mais para

Coração Gelado

o interior da residência. Os narizes das duas estavam quase se tocando.

– Fiquem longe de mim, suas bruxas! – Lady Tremaine recuou aos tropeções enquanto as três continuaram se aproximando dela lentamente. O trio esquisito ria ainda mais alto.

– Sua criada de quarto saiu, foi postar uma carta para sua amiga de Londres que jamais a receberá, e sua babá é tão velha que já se esqueceu de que é a bruxa mais poderosa dos muitos reinos, isto é, além de nossa irmã Circe. Está literalmente sozinha e desamparada, Lady Tremaine, mas podemos ajudá-la. É só pegar isto. – Martha segurou a mão de Lady Tremaine e colocou o frasquinho de vidro nela, fechando os dedos da mulher sobre ele com uma piscadela teatral.

– Fique com isso, para o caso de precisar – disse Ruby.

Sua irmã Lucinda acrescentou:

– E, se precisar de nós, basta nos chamar por meio de um de seus espelhos e nós viremos.

No entanto, antes que Lady Tremaine pudesse responder, as bruxas saíram voando, e a porta se fechou com um estrondo atrás delas. Lady Tremaine virou-se depressa e viu Babá lá parada.

– O que foi isso que acabou de acontecer aqui, Babá? Você... Como elas fizeram aquilo? – perguntou Lady Tremaine, levando a mão ao peito e desejando que o broche estivesse ali. Então correu até a janela e viu as três irmãs estranhas já a uma boa distância, tirando a poeira dos próprios vestidos. – Elas ainda estão aqui, Babá! – E foi depressa até a porta para trancá-la.

156

– Essas fechaduras não vão ajudá-la. Vá até o seu quarto e me traga seu broche. É hora de devolvê-lo aos seus donos legítimos – orientou Babá.

Mas Lady Tremaine não fez isso.

– Aquelas mulheres me avisaram que você pediria meu broche. Elas estavam tentando me ajudar, me encorajando a usá-lo. – Ela olhou desconfiada para a velha.

– É claro que a estavam encorajando a usá-lo; é amaldiçoado! Elas sabem que a senhora é esperta demais para cair nos truques e manipulações delas, então a única forma de seduzi-la é por meio de maldições – explicou Babá, indo na direção da escada.

– E aonde vai, bruxa? – esbravejou Lady Tremaine.

– Vou lá em cima buscar seu broche – respondeu Babá. – Essa foi a única coisa sobre a qual as irmãs não mentiram. Vim aqui para recuperar o broche, mas Rebecca estava sempre a encorajando a usá-lo.

– E o que Rebecca tem a ver com isso? E por que as mulheres disseram que minha carta jamais chegará a Londres? – perguntou Lady Tremaine, tentando entender tudo aquilo.

– Imagino que as Irmãs Esquisitas estejam interceptando sua correspondência, para manter a senhora sob controle. Elas dizem que querem ajudá-la, mas a atraíram para cá, exatamente como está escrito no livro dos contos de fadas. Sempre achei o comportamento delas confuso, para falar a verdade. As boas intenções que têm tendem a ser contrárias às suas ações. Ah, Lady Tremaine, gostaria de lhe contar mais coisas, mas já me excedi ao revelar meu propósito. Receio que terá que confiar em mim quando digo que é de suma importância que me entregue

CORAÇÃO GELADO

seu broche. – Ela começou a subir os primeiros degraus, mas Lady Tremaine logo a alcançou e agarrou seu braço.

– Não vai pegar meu broche! Foi presente do meu primeiro marido, e é a única coisa que restou dele. Você e Rebecca são as bruxas, escondidas em minha casa, tramando contra mim, deixando que eu faça papel de idiota diante de Sir Richard. Aquelas mulheres me advertiram sobre você. Avisaram que ia querer pegar meu broche!

Babá suspirou.

– É verdade – falou. – Aquelas mulheres são as Irmãs Esquisitas, e receio que Rebecca venha trabalhando com elas. Tenho um pressentimento de que ela acha que a está ajudando ao encorajá-la a usar o broche e ao esconder o livro dos contos de fadas, mas acredite em mim, Lady Tremaine, toda vez que as Irmãs Esquisitas e outras de sua laia tentam ajudar alguém, acaba em desastre. Precisa confiar em mim; não vim prejudicá-la, e sim ajudá-la. Não guardei seus segredos de Sir Richard? Não cuido de suas filhas e as ensino sem que ele saiba disso? Isso parece coisa de alguém que está tramando contra sua pessoa?

Lady Tremaine soltou o braço da Babá, percebendo que o havia apertado com força.

– O que você é então, se não uma bruxa? Uma espécie de fada madrinha? – perguntou Lady Tremaine, fazendo a velha cair na risada.

– Não, essa é minha irmã. Mas estou mais para fada madrinha do que para bruxa, pelo menos da ideia que a senhora faz das bruxas – disse ela, dando para Lady Tremaine um sorriso gentil, mas triste.

Lady Tremaine sabia que aquela mulher estava dizendo a verdade. Ela vinha cuidando de suas filhas fazia cinco anos, e não fizera outra coisa além de cuidar dela e das filhas e amá-las desde o dia em que chegara ao castelo. Se soubesse que ela tinha poderes mágicos, teria pedido ajuda antes.

— Se é uma fada, então me conceda um pedido e livre minhas filhas e a mim deste lugar horrível. — Lady Tremaine ouviu sua voz vacilar ao fazer o apelo à Babá, torcendo para não começar a chorar.

Lady Tremaine nunca tinha visto tanta compaixão nos olhos de alguém, nem mesmo após a morte do marido.

— Ah, minha querida, sinto muito. Quem me dera poder fazer isso. Mas não tenho permissão de ajudá-la com magia. É por isso que tenho permanecido aqui todo esse tempo sem usá-la.

— Não entendo — disse Lady Tremaine, erguendo as mãos. Ela estava tão zangada. Aquele lugar não fazia sentido para ela. Bruxas malucas aparecendo em sua porta com um frasco de veneno e fadas que fingiam ser babás? — Achei que era isso que as fadas fizessem, usar magia para ajudar as pessoas. Por que mais viria aqui se não era para proteger a mim e às minhas filhas? Estamos em perigo! Viu como Sir Richard nos trata! — Lady Tremaine estava desesperada, e aquilo partia o coração da Babá.

— Não temos permissão para ajudar vilões, e o livro dos contos de fadas definiu que é exatamente isso que está prestes a se tornar, senhora. Fisicamente, não posso usar magia para ajudá-la.

Lady Tremaine riu com desdém.

– Mentiras! Isso é um monte de mentiras! Então posso perguntar o que foi aquilo que fez agora há pouco lá na porta principal?

– Quebrei as regras. Foi isso que fiz, e daqui a instantes serei chamada de volta às Terras das Fadas contra a minha vontade e, se eu não pegar o broche antes de ir, temo que algo terrível acontecerá. Por favor, ouça o que digo e não confie naquelas bruxas. Espero do fundo do meu coração que consiga mudar o rumo da história e quebrar a maldição. Jura que tentará, Lady Tremaine? Que se esforçará ao máximo? E prometo que farei o possível para convencer o Conselho das Fadas a intervir. Garanto que, quando eles perceberem que nós, fadas, entendemos essa história errado, verão que a senhora não é vilã, mas o seu marido é quem age assim. Por favor, Lady Tremaine, não poderei ajudá-la se...

No entanto, antes que pudesse terminar a frase, Babá sumiu diante dos olhos de Lady Tremaine.

Lady Tremaine piscou, confusa.

– Babá? – sussurrou. Então se perguntou se aquilo tudo havia mesmo acontecido. Não que ela nunca tivesse ouvido histórias de feras, bruxas, fadas, dragões e gigantes, mas nunca esperara ter nenhum deles em sua própria casa, lançando feitiços e se recusando a ajudá-la. Mas as Irmãs Esquisitas tinham lhe oferecido ajuda, não? No entanto, Lady Tremaine achava que não podia confiar nelas, assim como não confiava em Babá ou Rebecca. Estava totalmente só, e cabia a ela ajudar as filhas a saírem daquele lugar horrível.

# CAPÍTULO XV

# AS CARTAS

Lady Tremaine foi direto para o quarto de Rebecca em busca de respostas. Sentia que ainda não conhecia a história toda. Procurou na penteadeira da garota, no guarda-roupa e até debaixo do colchão. Estava prestes a desistir quando sentiu uma das tábuas do assoalho meio solta sob o tapete. Se não estivesse em busca de algo, nem teria prestado atenção nisso. Afastou o tapete e pressionou a tábua solta até que ela se levantasse, revelando aquilo que Lady Tremaine buscava: um maço de cartas, todas endereçadas a Lady Hackle. Então era verdade; Rebecca nunca enviara as cartas. Era por isso que a amiga jamais respondera a uma única carta em todos aqueles anos. No entanto, o que ela não esperava encontrar era o livro dos contos de fadas escondido sob os envelopes. Sentou-se no chão enquanto virava as páginas ao acaso, sentindo-se idiota por não ter acreditado na Babá, agora que tinha aquela prova bem à sua frente. E então reparou num nome que conhecia: Cinderela.

E começou a ler a história dela.

## CINDERELA

*Era uma vez, numa terra distante, um pequeno reino tranquilo, próspero e rico em romance e tradição. Lá, em um castelo imponente, moravam um cavalheiro viúvo e sua pequena filha, Cinderela. Embora fosse um pai amoroso e dedicado e desse à sua amada menina luxo e conforto, achava que ela ainda precisava de cuidados maternos. Então ele se casou outra vez, escolhendo como segunda esposa uma mulher de boa família que tinha duas filhas quase da mesma idade de Cinderela. Seus nomes eram Anastácia e Drizela. No entanto, foi a morte prematura daquele bom homem que fez a madrasta revelar sua verdadeira face. Fria, cruel e com uma inveja terrível do charme e da beleza de Cinderela, ela estava determinada a favorecer os interesses das próprias filhas esquisitas. Assim, com o passar do tempo, o castelo foi ficando dilapidado, pois a fortuna da família era toda gasta com as meias-irmãs fúteis e egoístas, enquanto Cinderela era maltratada e humilhada, até que foi forçada a se tornar empregada em sua própria casa. Ainda assim, Cinderela continuou gentil e bondosa, e a cada alvorecer ela renovava as esperanças de que um dia seus sonhos felizes virariam realidade.*

‡ ‡ ‡

Lady Tremaine largou o livro com violência.

– Bobagem, nada disso aconteceu! Sir Richard está vivo! E, se tem alguém que acabou com nosso dinheiro, foi ele – disse, ficando mais irritada. – Este é um livro de mentiras. E daí se eu pegasse o pouco dinheiro que restou e gastasse tudo com minhas filhas? E daí? O dinheiro é meu! – Ela estava prestes a arremessar o livro pelo quarto de tanta raiva. Mas, em vez disso, levantou-se e levou o livro e as cartas para o quarto, guardando-os na penteadeira. Depois, prendeu o broche no vestido, bem em cima do coração, e começou a andar de um lado para o outro pelo aposento, tentando entender o que estava acontecendo, tentando analisar tudo que havia descoberto naquele dia.

Ela não sabia em quem acreditar ou o que pensar. Aquele livro obviamente mostrava algo que aconteceria no futuro, e era por isso que aquelas fadas – ou bruxas, ou seja lá o que fossem – achavam que ela era a vilã. Aquilo não fazia sentido.

E então Sir Richard irrompeu no quarto, o rosto desfigurado pela ira.

– Que história é essa de você e suas filhas irem embora?

Lady Tremaine ergueu os olhos em choque e agarrou o broche, que felizmente havia colocado. Babá estava errada. O broche não era amaldiçoado. Ele a ajudava e lhe dava forças.

– Não sei do que está falando, Sir Richard – falou ela, mentindo de modo descarado. E sustentou o olhar duro do marido.

– Não minta para mim, mulher! Cinderela me contou que você e suas filhas desengonçadas pretendem ir embora dos muitos reinos. E quem cuidará de Cinderela? Que espécie de mulher é você, que abandonaria a própria família? – Ele aproximou-se de forma ameaçadora, e ela recuou, com medo do que Sir Richard poderia fazer.

– Não dê mais um passo; estou avisando – vociferou Lady Tremaine, certa de que ele bateria nela.

– E o que você fará, ó grande e poderosa senhora? – perguntou ele. – Acha mesmo que pode algo contra mim? Ou que pode deixar os muitos reinos? Você jamais deixará este lugar, isso lhe garanto. – O homem bateu a porta e a trancou.

Ao ouvir o som da chave girando na fechadura, ela correu até a porta e começou a esmurrá-la, gritando por socorro, mas não adiantou. Estava apavorada e preocupada com o que Sir Richard poderia fazer com suas filhas. Ela o odiava como nunca odiara alguém em toda a sua vida, e odiava Cinderela ainda mais, por ter contado a Sir Richard seu segredo.

Ela jamais perdoaria a garota por aquela traição.

‡ ‡ ‡

Mais tarde naquela noite, quando Sir Richard destrancou a porta do quarto de Lady Tremaine, ela estava à espera dele. Na mão, escondido com cuidado entre as dobras do vestido, ela segurava o frasco que as irmãs estranhas lhe haviam dado.

Sir Richard mal olhou para ela quando falou com a voz fria:

– Como parece que você dispensou Babá e Rebecca, acho melhor ir agora para a cozinha preparar nosso jantar – ordenou Sir Richard. Cinderela estava atrás dele, com lágrimas nos olhos.

Ele prosseguiu:

– E dê um jeito naquelas tolas das suas filhas. Elas não param de chorar. Não aguento mais ouvi-las. Não quero ver nenhuma de vocês na sala de jantar. Quero comer em paz com minha filha. Vocês podem comer na cozinha, feito as empregadas que são. – Pegou Cinderela pelo braço e a arrastou pelo corredor.

– E onde estão minhas filhas? – perguntou Lady Tremaine às costas dele.

– Na cozinha, onde é o lugar delas – resmungou o homem, sem se dar ao trabalho de virar para responder.

Ela permaneceu parada um instante, e então se lembrou do que ele dissera sobre ter dispensado Rebecca. Mas Lady Tremaine *não* a dispensara. Para onde ela havia ido? Ela se perguntava se as bruxas a teriam avisado para não voltar, depois que Babá as expulsara da casa.

Mesmo assim, algo naquela história não fazia sentido. A única coisa de que tinha certeza era que ela e as filhas estavam presas com um homem que ela temia que lhes fizesse mal. Havia apenas uma saída.

# CAPÍTULO XVI

# O CAMUNDONGO, A XÍCARA DE CHÁ E O CONVITE

Depois da morte prematura de Sir Richard, as coisas mudaram na residência das Tremaine. O livro dos contos de fadas acertara alguns pontos. O homem de fato morreu, de repente e cedo demais. A fortuna de Lady Tremaine voltou para as mãos dela após o falecimento do marido, e a história acertou ao dizer que ela esbanjou todo o dinheiro, se é que se pode chamar cuidar de si mesma, das filhas e da enteada de esbanjamento. Não sobrou nem para comprar as passagens para a Inglaterra. Ela estava literalmente numa enrascada, mal tinha dinheiro para sustentar as filhas e Cinderela, e sentia-se desesperada para fazer algo capaz de mudar aquela situação. Ela tentou enviar diversas cartas para Lady Hackle, mas, mesmo sem a interferência de Rebecca, tinha quase certeza de que a amiga não havia recebido nenhuma delas. Era como se os muitos reinos conspirassem para mantê-la presa com as filhas naquele lugar, para que pudessem cumprir a história que já fora escrita.

E, exatamente como constava no livro, uma manhã Lady Tremaine tomava o café na cama quando as filhas entraram berrando no quarto. Parecia que Cinderela colocara um camundongo debaixo da xícara de chá de Anastácia.

Lady Tremaine já havia tolerado demais aquela baboseira de camundongos. Uma coisa era Cinderela fazer roupinhas para eles quando era pequena e tratá-los como se fossem bonecas vivas em suas brincadeiras, mas aquilo já tinha se transformado em uma obsessão insalubre e francamente perturbadora agora que ela já era uma jovem dama. A garota passava o tempo todo no quarto falando com aquelas criaturas medonhas, e Lady Tremaine começava a se preocupar com o estado mental de Cinderela.

Nada parecia abalar a garota. Ela não havia chorado no funeral do pai nem protestado quando Lady Tremaine insistira que assumisse o serviço doméstico. Até pareceu satisfeita quando a madrasta lhe dissera que passaria a dormir no quarto do sótão depois que o pai morrera. Cinderela respondera apenas "entendo". Parecia que não havia nada que Lady Tremaine pudesse fazer para desanimar a enteada – a garota cantava até quando realizava suas tarefas.

Mas o fato era que, apesar dos sorrisos e da ingenuidade de Cinderela, Lady Tremaine achava que a jovem tinha um lado sinistro. Ela atormentava suas filhas desde o dia em que se conheceram: colocava camundongos debaixo das xícaras, camundongos nos sapatos, camundongos nos bolsos dos vestidos, camundongos nos chapéus e casacos, em toda parte! Lady Tremaine não aguentava mais aquilo. No entanto, o que mais a magoava era que Cinderela a havia traído. Ela fingira ser agradável, mas depois revelara sua face real e contara ao pai que a madrasta e as meias-irmãs estavam tentando fugir. Aquilo Lady Tremaine jamais perdoaria. E passara a detestar a garota.

Então ela chamou Cinderela mais uma vez ao quarto para ter uma conversa sobre os camundongos.

– Feche a porta, Cinderela – mandou ela em voz baixa. – Venha cá. – Ela acariciava o gato, Lúcifer, e olhava fixamente para a garota. Já vinha aguentando aquela bobagem havia anos, e não tinha mais paciência para aquilo. A garota fazia aquilo desde o primeiro dia, e nenhuma conversa ou punição ajudara a resolver a questão. Cinderela não tinha aprendido nada e teria que sofrer as consequências.

Claro que Cinderela tentou negar. Mas quem mais poderia ter colocado um camundongo *de chapéu e colete combinando* sob a xícara?

– Ah, por favor, não acha que… – Cinderela tentou se defender, mas Lady Tremaine a cortou.

– Cale-se! Agora! – explodiu ela, e então continuou: – Parece que estamos com tempo de sobra – falou, pegando a xícara de café e sorrindo.

– Mas eu só estava tentando… – Cinderela começou a dizer, mas outra vez Lady Tremaine a interrompeu.

– Silêncio! Temos tempo para brincadeiras, não é? Talvez possamos preenchê-lo com algo mais útil. – Ela colocou creme no café e prosseguiu: – Deixe-me ver… Há um tapete grande no salão principal. Limpe-o! E as janelas, as de cima e as de baixo. Lave-as! Ah, sim… as tapeçarias e as cortinas… – Lady Tremaine sentia-se poderosa por fazer Cinderela pagar por tudo que fizera para tornar sua vida infeliz; os camundongos, é claro, e a traição imperdoável. Mas também gostava daquilo porque ela e as filhas haviam passado anos limpando para Cinderela e atendendo às ordens do pai dela, tudo sob o olhar vigilante de sua pobre, doce, perfeita e falecida mãe. Uma mãe que Lady Tremaine nunca sonhara em substituir. Agora ela sentia prazer em virar o jogo e descontar naquela pestinha falsa e traidora. Era assim que Lady Tremaine a via. E quem poderia culpá-la por isso?

Por passar a odiar tanto a garota, sentia-se feliz em não a deixar falar.

– Mas eu já...

A verdade era que Lady Tremaine detestava a voz doce e alegre de Cinderela. Estava cansada daquela voz e cansada daquela garota. Odiava a mera visão da menina.

– Faça tudo de novo! – explodiu Lady Tremaine. – E não se esqueça do jardim. Esfregue o terraço... varra os salões... e as escadas... limpe as chaminés. E também precisa remendar, costurar e lavar as roupas. – Ela bebeu um gole do café. – Ah, sim, mais uma coisinha. Dê banho em Lúcifer – acrescentou, sabendo perfeitamente que Cinderela detestava dar banho no gato.

Eram manhãs como aquela que alegravam a vida de Lady Tremaine. Elas a faziam se sentir a mulher forte e poderosa que era, não a covarde que se tornara sob o domínio do pai de Cinderela.

No entanto, atormentar a garota não mudava sua situação. Ela precisava de um plano. E então a solução de todos os seus problemas surgiu como num passe de mágica.

Um convite da corte.

Chegou naquela tarde, enquanto ela estava com as filhas, que discutiam, sem dúvida irritadas com as constantes peças que Cinderela lhes pregava.

Lady Tremaine andava muito estressada e agitada, mas raras vezes perdia a cabeça, não desde que passara a usar o broche todos os dias. Ela mantinha a compostura feito uma estátua. Fria, resoluta, em pleno controle. Fez o possível para que as filhas também aprendessem a agir assim, mas sem sucesso. Pensando bem, Anastácia e Drizela sempre tinham sido difíceis de controlar.

As garotas ficaram mais insanas ainda quando Cinderela trouxe o convite, tomando o envelope uma da outra sem parar até que Lady Tremaine pegou a carta e a leu.

– Haverá um baile – falou, percebendo que aquela seria a oportunidade perfeita para as filhas. Se uma delas conseguisse se casar com o príncipe, suas preces seriam atendidas! Mas então ela se lembrou de Sir Richard rindo quando ela chamou as filhas de bonitas e dizendo que ambas não eram apresentáveis. É claro que ele achava que Cinderela era mais apropriada para o príncipe. Por mais que Lady Tremaine acreditasse que as filhas eram adoráveis, não conseguia se livrar do receio de que, se Cinderela fosse ao baile com elas, Anastácia e Drizela seriam ignoradas.

Lady Tremaine decidiu que faria o necessário para impedir que a garota fosse ao baile, para que as filhas tivessem uma chance maior. A enteada fizera de tudo para tornar a vida de Lady Tremaine insuportável, e ela não deixaria aquela palerma estragar a oportunidade das filhas, não depois do que já fizera às suas meninas. Agora era hora de suas filhas brilharem, elas enfim teriam uma vida feliz, aquela que pretendera lhes dar quando se mudaram para aquele lugar miserável.

No entanto, Cinderela também havia lido a carta e observou, com sua vozinha alegre, que por ordem real todas as moças solteiras deveriam ir ao baile.

— Sim, é verdade — concordou Lady Tremaine. — Não vejo motivo para você não ir... desde que termine todas as suas tarefas.

— Ah, terminarei! Prometo! — garantiu Cinderela.

— E que arranje algo apropriado para usar — acrescentou Lady Tremaine, sabendo perfeitamente que Cinderela não tinha vestidos de festa.

— Pode deixar que arranjarei! Ah, obrigada, Madrasta. — Então a jovem saiu sorrindo, sem dúvida com imagens de seu casamento com o príncipe enchendo sua cabecinha oca.

Lady Tremaine estava satisfeita. De jeito nenhum Cinderela conseguiria terminar todas as tarefas domésticas, fazer um vestido e ainda se arrumar a tempo de ir para o baile. Ela tocou o broche com alegria, pensando em como Cinderela ficaria de coração partido ao vê-las indo para o palácio real sem ela. As filhas, porém, pareciam não entender seu plano.

— Mamãe! Tem noção do que acabou de dizer? — perguntou Drizela.

— Claro que sim. Eu disse *se*... — respondeu Lady Tremaine, sorrindo com malícia.

# CAPÍTULO XVII

# O BAILE

O palácio era tudo que Lady Tremaine havia imaginado. Ela se sentia em casa ali. Desde que deixara a Inglaterra, aquela era a primeira vez que se sentia num ambiente que conhecia bem. Estava feliz até em ver o desengonçado Grão-Duque correndo de um lado para o outro, embora aquele primeiro contato de anos atrás tivesse tornado impossível a amizade entre ambos, e também fosse esse o motivo que o impedira de ir cumprimentá-la quando chegou com as filhas. Desta vez, se tivesse uma chance, ela causaria uma boa impressão nele. Afinal, eles se conheciam, e seu marido fizera parte da corte. As coisas naquele reino eram muito estranhas; para Lady Tremaine, nunca fez muito sentido que só fossem convidadas para a corte agora, ou que ninguém houvesse lhe enviado condolências pela morte de Sir Richard ou ao menos passado por sua casa para ver se ela e as filhas estavam bem.

Enquanto ela e as filhas permaneciam paradas lado a lado esperando serem anunciadas à família real, Lady Tremaine ajeitava as plumas e os babados de Drizela e Anastácia, para garantir que estivessem perfeitas.

– Mãe, pare com isso! Está me deixando nervosa – reclamou Anastácia, batendo o pé.

– Desculpe, querida. Só quero que fique linda para o príncipe. Sei que ele vai querer se casar com uma de vocês. São as garotas mais belas do salão – falou, lançando um olhar para o lugar, onde damas e cavalheiros elegantes esperavam que suas filhas chamassem a atenção do príncipe.

– Ah, mãe, por favor! Sabe que isso não é verdade – disse Drizela. – Veja essas moças lindas. São todas como Cinderela. Não temos a mínima chance. – Ela soltou um suspiro.

O castelo estava tomado por moças solteiras, todas usando os melhores vestidos de festa, que brilhavam sob a luz dos candelabros. Todas eram deslumbrantes, mas até Lady Tremaine tinha de admitir que nenhuma era tão linda quanto sua detestável enteada, que felizmente fora deixada em casa.

Lady Tremaine notou que Anastácia também estava envergonhada, e escondia as mãos rachadas e ressecadas devido a anos de lavagem de louça na cozinha.

Partia o coração de Lady Tremaine saber que as filhas não se achavam bonitas, mas as palavras de Sir Richard não saíam de sua cabeça, e a faziam duvidar de que o príncipe pudesse enxergar a beleza que ela via em suas garotas. Ela queria protegê-las, e quase as pegou pelas mãos e as levou embora antes que conhecessem o príncipe. Não aguentaria se o príncipe fizesse algo que levasse as filhas a sentir que não mereciam estar em meio à legião de beldades reunidas ali naquela noite. No entanto, bem quando estava prestes a conduzir as filhas para longe dali, ela ouviu uma voz familiar.

– Não vá embora, Lady Tremaine. Não agora que finalmente dispõe de uma chance de conseguir uma vida melhor para si e suas filhas.

De imediato, Lady Tremaine reconheceu a voz de Rebecca. Ela queria xingar, gritar e estrangular aquela mulher por tê-la traído e trabalhado com as malditas bruxas pelas suas costas.

– Rebecca – disse ela com calma, enquanto Anastácia e Drizela davam gritinhos de alegria ao ver a antiga empregada.

– Olá, garotas. Como estão bonitas esta noite. Ainda vai demorar um pouco para vocês e sua mãe serem anunciadas e apresentadas à corte. Por que não buscam uma bebida? Não vão querer parecer umas rás coaxando quando forem cumprimentar o príncipe, não é? – falou ela, sorrindo para Anastácia e Drizela.

– Ah, sim! Minha garganta está um pouco seca! Zela, vamos pegar um ponche – convidou Anastácia. – Já voltamos! – E as garotas se afastaram, deixando Rebecca e Lady Tremaine a sós.

Lady Tremaine voltou depressa o olhar para Rebecca. Só o que ela queria era agarrar o pescoço daquela mulher e apertá-lo até deixá-la sem ar.

– O que faz aqui, sua bruxa? – perguntou, levando a mão ao broche e falando com os dentes cerrados para que os outros convidados não a ouvissem.

– Então já adivinhou quem sou. – Rebecca riu, soando misteriosa como aquelas estranhas irmãs bruxas.

– Babá me contou quem você é. Ela disse que estava trabalhando com as Irmãs Esquisitas. Não foi difícil deduzir que você também é bruxa.

Rebecca recomeçou a rir, mas desta vez o riso se uniu ao dos outros convidados, e conforme a risada aumentava algo perturbador começou a acontecer. Todos no salão ficaram em câmera lenta, como se se movessem debaixo d'água. Era a coisa mais estranha que Lady Tremaine já vira. Eles pareciam ignorar por completo que aquilo estivesse acontecendo. Lady Tremaine apenas observou, boquiaberta, enquanto os movimentos de todos se tornaram cada vez mais lentos, até que estivessem imóveis feito estátuas. Todos exceto Lady Tremaine, Rebecca e as Irmãs Esquisitas, que caminhavam devagar na direção delas, atravessando o mar de convidados imobilizados. Elas tinham os olhos fixos em Lady Tremaine, e a mulher não pôde deixar de se lembrar de quando Sir Richard a olhara do mesmo jeito no dia em que se conheceram, na festa de Lady Hackle. Lembrou que se sentira uma presa prestes a ser caçada, e era exatamente assim que se sentia agora também.

– Deixe-nos apresentar nossa irmã, Circe – falou Lucinda, ou pelo menos aquela que Lady Tremaine achava que fosse Lucinda, pois estava entre as outras duas e foi a primeira a falar.

A bruxa fez um gesto com a mão, e Rebecca se transformou numa garota linda de cabelos louros com os traços mais delicados que Lady Tremaine já vira. Ela era toda prateado e dourado, quase luminescente, como se uma luz emanasse dela. Parada diante das quatro irmãs bruxas, Lady Tremaine se sentia hipnotizada por aquele estranho grupo de mulheres. Era difícil crer que a Circe de cabelos claros tinha alguma relação com as Irmãs Esquisitas. Lady Tremaine tocou o broche, desejando desacelerar seu coração, fazer com que batesse mais devagar. Ela precisava se acalmar. Precisava ser confiante.

– Nós quatro somos as Irmãs Esquisitas – disse Circe, sorrindo para Lady Tremaine.

– E o que significa isso? O que fizeram com todos? Onde estão minhas filhas?

Circe riu.

– Suas filhas estão bem, Lady Tremaine. Minhas irmãs ficaram desapontadas por você não as chamar para ajudar, e, agora que a vimos seguir pelo caminho que levará à sua ruína, pensamos em vir perguntar uma última vez se podemos ajudá-la.

Desta vez foi Lady Tremaine quem riu.

– Vocês querem me ajudar? Ajudar a mim? É por causa de vocês que estou neste lugar horrível! Vocês tramaram contra mim e me trouxeram para cá, deram início a todos esses eventos. Seu livro dos contos de fadas me definiu como vilã, *seu* livro, e agora estou presa numa história da qual não posso escapar. – Lady Tremaine não era uma pessoa violenta, mas queria bater em Circe. – Confiei em você, achei que fosse minha amiga, e você me traiu.

Circe suspirou.

– Sou sua amiga, Lady Tremaine. Eu a tenho protegido esse tempo todo. Fui eu que fiz seu marido encontrar o broche naquela lojinha, e estive ao seu lado fazendo todo o possível para mantê-la em segurança. Não mandei minhas irmãs à sua casa com o elixir de sua salvação, e não estou aqui oferecendo minha ajuda mais uma vez? – Ela tentou segurar a mão de Lady Tremaine, mas a senhora afastou-se com raiva.

– Mantenha suas mãos longe de mim, bruxa! E eu não estaria aqui se não fosse por culpa sua e do seu maldito livro! Vocês são responsáveis pela minha ruína! Vocês causaram isso!

As quatro Irmãs Esquisitas riram tanto que os candelabros oscilaram sobre a cabeça delas.

– Nós só escrevemos o que a profecia nos revela, Lady Tremaine – falou Circe. – Não podemos mudar o que é escrito, mas assumimos a tarefa de tentar ajudar aqueles que se veem presos na teia do livro. É só isso que tentamos fazer, ajudar. Pode nos deixar agir agora? Talvez com nossa magia consigamos reescrever a sua história, mas não podemos fazer isso sem a sua permissão.

Era estranho para Lady Tremaine falar com aquela mulher que ela pensara que fosse Rebecca e que agora estava totalmente mudada, mas ainda havia algo em Circe que a senhora reconhecia como sua velha amiga. Por algum motivo, sentia que podia confiar naquela mulher, ainda que ela fosse tão esquisita quanto as irmãs de cabelos escuros.

– Pode confiar em mim, Lady Tremaine, juro – disse Circe. Suas irmãs, Lucinda, Ruby e Martha, sorriram atrás dela.

– Não sei em quem confiar. Babá disse que vocês amaldiçoaram meu broche. Isso é verdade?

Lucinda balançou a cabeça em negativa.

– A magia das bruxas é bem diferente da magia das fadas, e as fadas não entendem como a nossa magia funciona. Como você, Babá também tem a própria história no livro dos contos de fadas, e ele nos diz que ela logo deixará de acreditar na magia das fadas e abraçará a das bruxas. Mas essa é uma história para outra ocasião.

— Vocês só sabem falar na forma de enigmas! Isso é tão confuso! Babá disse que achava que vocês estavam tentando me ajudar, mas não entendo por que me trariam para cá, dariam início a tudo isso, e depois me ofereceriam ajuda! Nada disso faz sentido. – Circe buscou a mão de Lady Tremaine, e desta vez ela permitiu que a bruxa a segurasse.

— Porque era assim que estava escrito, Lady Tremaine. Era seu destino vir para os muitos reinos, se casar com o pai de Cinderela, ser maltratada por ele e se transformar num monstro que, por sua vez, maltrata a filha dele. Pensamos que, se pudéssemos reescrever a história e garantir que o broche chegasse às suas mãos, ele lhe daria coragem para enfrentar aquele homem. Não se sente mais confiante quando usa o broche? Vi que o tocava há pouco. É ele quem lhe deu forças para me confrontar. – Circe olhou Lady Tremaine nos olhos.

— É verdade, mas por que escondeu o livro dos contos de fadas de mim? Por que impediu que minhas cartas chegassem a Lady Prudence? – perguntou ela, examinando o rosto de Circe e torcendo para que pudesse confiar nela.

— Talvez tenha sido um erro ter escondido o livro de você – admitiu Circe. – Achamos que ele a assustaria, ou talvez a levasse ainda mais longe num caminho que tentamos evitar que seguisse. – Lady Tremaine sentiu que Circe dizia a verdade. No entanto, antes que pudesse falar, Circe prosseguiu: – Quanto às cartas, sinto muito dizer que foi arrogância nossa. Queríamos ser aquelas que a ajudariam. Tivemos inúmeras discussões sobre as cartas de Lady Prudence, mas, por fim, minhas irmãs e eu decidimos que queríamos ser suas salvadoras, em vez de deixar que ela fosse. Pode nos perdoar, Lady Tremaine? Precisa acreditar que nossa intenção sempre foi ajudar você e suas filhas.

Lady Tremaine não sabia o que pensar. Queria desesperadamente sair dos muitos reinos com as filhas, e, se confiar naquelas bruxas traiçoeiras pudesse ajudá-las a conseguir escapar, qual era o problema?

— Podemos ajudá-las a fugir, Lady Tremaine — persuadiu Circe. — Não precisa casar uma de suas filhas com um príncipe pedante. Além do mais, esse é o destino de Cinderela.

Lady Tremaine arregalou os olhos.

— Cinderela? Ela nem está aqui! — falou, lançando um olhar pelo salão. — Ela está em casa, ela... bem, não tinha o que vestir.

— Ah, mas ela virá, e o príncipe vai querer casar com ela. Está tudo escrito — asseverou Lucinda.

Lady Tremaine ergueu as mãos, irritada. Já estava cansada daquele livro dos contos de fadas e de sua suposta profecia.

— Se já está escrito, como esperam que eu mude meu destino? — perguntou, apertando o broche. Ela sentiu a raiva crescendo. Nenhuma daquelas mulheres falava coisa com coisa. Nem as bruxas, nem Babá.

— Com magia — responderam as quatro bruxas ao mesmo tempo, rindo de novo.

— Mas Babá mencionou que não podia me ajudar porque sou a vilã da história. Como vocês vão me ajudar? — perguntou Lady Tremaine.

– A magia *dela* não podia ajudá-la, mas a nossa pode. Princesas são o domínio das fadas – explicou Circe. – Vilões são o nosso. Pense em nós como as fadas madrinhas dos vilões. Agora, quer ficar a noite toda aqui enquanto explicamos como funciona a magia nos muitos reinos, ou quer que a gente leve você e suas filhas de volta para a Inglaterra, que é onde deveriam estar?

Antes que Lady Tremaine pudesse responder, um borrão azul adentrou o salão, todo cintilante. Lady Tremaine notou que era uma mulher de cabelos acinzentados – ao que parecia, era uma fada. Ela usava uma túnica azul com capuz e segurava uma varinha de condão, de onde vinham as fagulhas. A fada parecia Babá e, por um breve instante, Lady Tremaine achou que fosse ela.

– Avisei para ficarem longe deste baile, Irmãs Esquisitas! Não permitirei que mexam com minha Cinderela! – vociferou a fada, apontando a varinha para as bruxas, que se espalharam e se esconderam atrás dos convidados congelados para evitar que a magia da fada as atingisse.

– Babá, o que está fazendo? – gritou Lady Tremaine. A fada parou em pleno voo e olhou para Lady Tremaine, pairando sobre ela com um ar indignado.

– Ah, deve estar me confundindo com a minha irmã. Ela nos contou sobre você – falou a fada. – *Eu sou* a Fada Madrinha. – Sua expressão de súbito se transformou em um sorriso radiante, como se dizer o próprio nome lhe desse muito orgulho.

– Veio me ajudar? – perguntou Lady Tremaine, esperando, do fundo do coração, que aquele fosse o caso. As Irmãs Esquisitas alegaram que queriam ajudá-la, mas algo nelas a assustava.

Ela preferia ser ajudada por aquela fada de aparência gentil e túnica azul. – Babá disse que pediria ajuda às fadas, mas eu já havia perdido as esperanças.

As Irmãs Esquisitas deram uma risada sarcástica e aguda que podia ser ouvida de longe.

– A Fada Madrinha jamais ajudará alguém como você! – grasnaram elas.

A Fada Madrinha esquadrinhou o salão, tentando descobrir de onde vinham as vozes em meio aos convidados que pareciam estátuas.

– Ajudá-la? – disse a Fada Madrinha, surpresa. – Ajudar uma vilã? Não seja ridícula. Minha irmã, Babá, pode ter sido iludida e levada a pensar que você era inocente nesta história, mas a mim você não engana. Estou aqui para garantir que nada impeça Cinderela de se casar com o príncipe, e que você e suas filhas tenham o que merecem. – As asas cintilantes da fada tremeram de raiva.

– Mas Babá disse que me ajudaria – implorou Lady Tremaine. – Ela informou que falaria com o Conselho das Fadas para pedir que me ajudassem. Ela prometeu! Você precisa me ajudar, Fada Madrinha, precisa! Não pode me abandonar.

A Fada Madrinha estreitou os olhos.

– Vejo por que minha irmã foi tão facilmente enganada. Você é bem convincente. Mesmo que eu pudesse ajudá-la, não o faria. Não depois do que fez com Cinderela.

Lady Tremaine queria chorar. Sentiu que perdia a noção da realidade, e então buscou forças no broche.

— Talvez você não fosse vilã quando desembarcou na praia de Morningstar, mas se transformou em uma desde então — continuou a Fada Madrinha. — E levou as filhas pelo mesmo caminho, encorajando-as a serem más e desagradáveis como você, e as tem usado para torturar minha Cinderela. Não, Lady Tremaine, você merece o que virá a seguir em sua história.

— O que virá a seguir? O que acontecerá comigo e com minhas filhas? — perguntou Lady Tremaine, sentindo-se presa em um pesadelo terrível em que tudo estava de cabeça para baixo. Ela achava que era a heroína da própria história. Havia se apaixonado e se mudado para uma terra estrangeira para começar uma nova vida, mas então se deu conta de que fora enganada. Havia suportado anos de humilhações. E agora uma fada madrinha de verdade lhe dizia que ela não era a heroína da própria história, mas a vilã da história de outra pessoa. — Por favor, me diga, o que vai acontecer? — suplicou ela, agarrando o broche e tentando ficar o mais calma e fria possível.

— Espere e verá — falou a Fada Madrinha, erguendo a varinha.

— O que está fazendo? — perguntou Lady Tremaine.

— Fazendo você esquecer disso e colocando tudo de volta nos trilhos — explicou a Fada Madrinha. — Ah, bem a tempo. Cinderela acabou de chegar. Vejo que a carruagem parou diante do palácio. — Ela estava prestes a agitar a varinha quando o salão começou a tremer e sacudir, fazendo com que se virasse em busca da origem daquela magia.

— Fada Madrinha, pare! — gritaram as Irmãs Esquisitas, as quatro surgindo de repente diante da fada e de Lady Tremaine.

— Não faça isso — advertiu Circe. — Não viemos mexer com Cinderela. Estamos aqui para ajudar Lady Tremaine. Cinderela pode ficar com o príncipe, só nos deixe ajudar Lady Tremaine e as filhas dela. Babá entendeu o que estava acontecendo. Ela queria ajudar a mulher e as garotas, mas onde ela está? Por que nunca voltou para ajudá-las?

— Minha irmã não está disponível — respondeu a Fada Madrinha. — Receio que não se lembre nem de si mesma, quanto mais de Lady Tremaine.

— Apagou a memória dela? — perguntou Circe, chocada.

— Foi melhor assim. Ela estava colocando em risco nosso estilo de vida, ameaçando nossa tradição. Precisava ser detida — justificou a Fada Madrinha.

— Guarde minhas palavras, Fada Madrinha — ameaçou Circe. — Sua irmã voltará a si um dia, e ela assumirá o lugar que lhe cabe! E nós cantaremos e dançaremos nas cinzas quando a Fada das Trevas destruir as Terras das Fadas! Isso também está escrito!

— Não existe Fada das Trevas, Circe. Como sempre, você e suas irmãs só falam bobagens — afirmou a Fada Madrinha.

— Ah, mas existirá e, um dia, quando chegar a hora certa, ela acabará com você e com tudo de ruim que já causou nos muitos reinos. — O salão tremeu diante daquelas palavras de Circe.

— Já chega! — A Fada Madrinha agitou a varinha e criou um redemoinho atrás das irmãs. — Eu contei a Babá anos atrás que nos arrependeríamos de tê-las deixado à solta nos muitos reinos.

— O que quer dizer com isso? — perguntou Lucinda, inclinando a cabeça para o lado.

– É, o que quer dizer? – questionou Circe, erguendo as mãos e fazendo o salão sacudir tanto que as vidraças começavam a trincar, enquanto as damas e os cavalheiros congelados tombavam.

– Exigimos que explique o que quis dizer – bradaram as quatro irmãs em uníssono.

– Diga agora ou destruiremos você! – acrescentou Circe, os olhos cheios de fúria.

Então foi a vez de a Fada Madrinha dar risada.

– Ah, tenham dó! Este é o meu domínio. Vocês não podem me vencer aqui. Estamos no capítulo da princesa da história. – Ela colocou as mãos na cintura, com um ar satisfeito. – Já me cansei de bruxas. A última coisa que preciso é de uma luta com criaturas como vocês numa noite como esta. Agora saiam daqui agora mesmo, ou as mandarei para os domínios de Hades, que é o lugar de vocês!

– Mande-nos para lá – desafiou Lucinda, sorrindo.

– Acho que ele ficaria feliz em nos ver – falou Circe, rindo.

E com isso a Fada Madrinha lançou Circe e as irmãs no redemoinho.

– Pronto! – exclamou com mais uma sacudida na varinha, e então o redemoinho sumiu. – Já aguentei demais essas bruxas!

– Para onde elas foram? O que fez com elas? – perguntou Lady Tremaine.

A Fada Madrinha sorriu.

– Não se preocupe. É hora de voltar à sua história, querida. Vamos esquecer que isso aconteceu e fazer minha Cinderela se casar com o príncipe – falou, agitando a varinha. De repente, o salão voltou ao normal. Anastácia e Drizela retornaram para

# Coração Gelado

perto da mãe enquanto a música tocava; as pessoas dançavam e os palacianos continuavam anunciando as moças solteiras candidatas a princesa.

Lady Tremaine sentia-se estranha, como se tivesse caído no sono de repente. A última coisa de que se lembrava era das filhas reclamando enquanto ela ajeitava as plumas e os vestidos de ambas.

– Tudo bem, queridas. Vou parar de mexer. Acho que já vão nos anunciar – falou. E, como se invocasse aquilo, seus nomes foram chamados. Enquanto Lady Tremaine acompanhava as filhas para que fossem apresentadas ao príncipe, soube que aquela era a última chance que tinham de conseguir a liberdade.

Mãe e filhas curvaram-se numa reverência diante dele. No entanto, em vez de sorrir de maneira charmosa, o príncipe revirou os olhos e, naquele instante, Lady Tremaine soube que ela e as filhas ficariam presas nos muitos reinos para sempre.

Foi então que Cinderela adentrou o salão suavemente, como se saída das páginas de um livro de contos de fadas. Todos os olhos do recinto se voltaram para ela. Lady Tremaine mal a reconheceu, e dava para dizer que Anastácia e Drizela tampouco o fizeram, mas era de fato a meia-irmã que chegava bem na hora de roubar a última chance que as garotas tinham com o príncipe.

– Onde ela arranjou aquele vestido? – perguntou Lady Tremaine de dentes cerrados, observando as filhas se atrapalharem nas mesuras. O príncipe, porém, não prestava mais atenção nelas. Seus olhos enxergavam apenas Cinderela. Anastácia e Drizela nem haviam terminado de voltar à postura ereta quando ele se levantou de modo abrupto e passou entre as irmãs, que pareciam tolas paradas diante do trono vazio.

Enquanto Lady Tremaine via o príncipe correr na direção de Cinderela, sentia seu mundo todo desabar. Ela havia perdido tudo. E agora a garota que a traíra ficaria com tudo, tudo que Lady Tremaine desejara para si e para as filhas. Ela odiava Cinderela mais do que nunca; sentiu a bile quente arder no estômago ao observar o príncipe beijando a mão de Cinderela e conduzindo-a até a pista de dança, com seu vestido prateado deslizando atrás de si graciosamente. Ver a garota enfurecia Lady Tremaine.

Aquele era para ser o *seu* final feliz, e Cinderela o roubara. Todos estavam fascinados com a garota, e se aglomeravam nas laterais da pista de dança. Lady Tremaine notou que as filhas também haviam se juntado à multidão para ver quem estava dançando com o príncipe. Lady Tremaine não teve coragem de dizer-lhes que era a meia-irmã delas. Esperava que pudesse poupá-las daquela humilhação final, pelo menos enquanto estivessem em público.

– Conhecemos essa moça? – perguntou Drizela.

– Bem, o príncipe certamente parece conhecer – comentou Anastácia. – Só sei que nunca a vi.

Drizela agachou-se para tentar enxergar melhor. Lady Tremaine resmungou algo enquanto formulava um plano para impedir que Cinderela se casasse com o príncipe. Ela esconderia a garota no porão! Achou que a ideia era brilhante, e mal podia esperar para contá-la às filhas assim que chegassem em casa.

# Coração Gelado

Enquanto Drizela e Anastácia esticavam o pescoço para ter uma visão melhor da beldade misteriosa, Lady Tremaine acompanhava o casal pelas margens da pista de dança. Ela fingia estar curiosa com relação àquela jovem deslumbrante que deixara o príncipe totalmente encantado. Enquanto segurava o broche, sentia o coração ficar mais frio e mais duro. E soube o que tinha de fazer. Ela garantiria que Cinderela jamais se casasse com o príncipe. Se ela e as filhas seriam obrigadas a ter uma vida infeliz para sempre, ela faria com que Cinderela também tivesse. A garota sofreria por ter acabado com todos os seus sonhos.

# CAPÍTULO XVIII

# INFELIZES PARA SEMPRE

Muitos anos se passaram desde o fatídico baile em que o príncipe se apaixonara por Cinderela. Lembrar aquela noite ainda enfurecia Lady Tremaine. Ela jamais esqueceria o dia em que Cinderela deslizara o pé naquele sapatinho de cristal e fugira para o palácio para se casar com o príncipe, enquanto todos do reino vibravam de alegria. Todos, exceto as Tremaine.

Elas jamais conseguiram escapar dos muitos reinos. Conforme seu castelo se deteriorava com o passar dos anos, o mesmo acontecia com a mente de Lady Tremaine. Víamos isso acontecer em nossos espelhos mágicos, desejando que pudéssemos fazer algo para ajudar a mulher e as filhas, mas a magia da Fada Madrinha nos impedia de interferir. Nem sempre o antagonista de um conto de fadas vive para ver o final da história da princesa, e sabíamos que devia ter sido horrível para Lady Tremaine saber que Cinderela levava uma vida gloriosa como a rainha justa e gentil que se tornara.

Naqueles primeiros dias, esperávamos encontrar um jeito de ajudar a mulher e suas filhas, mas a magia nos conduziu por caminhos novos e inesperados. Como todo mundo, nós nos esquecemos de Lady Tremaine, trancafiada numa prisão criada pelas fadas, na distante residência em que Cinderela passara a infância. Ela foi condenada a se tornar cada vez mais cruel e abominável com o passar dos anos. E como podia ser diferente? Ela vira a vida escapar por entre os dedos. Havia se mudado para outra terra para ficar com o homem que achara que a amava, só para descobrir que ele estava interessado apenas em seu dinheiro, e se viu prisioneira em sua própria casa, temendo por sua vida e pela vida de suas filhas. Seu romance arrebatador se transformara em pesadelo.

Conforme os anos passavam, a mente de Lady Tremaine ia se deformando pela amargura e pela fúria. Seu único objetivo era conseguir casar pelo menos uma de suas filhas, para que assim saíssem da miséria em que viviam havia tanto tempo que ela já perdera a conta dos anos.

Anastácia e Drizela também começaram a se transformar. Enquanto a mãe se afundava cada vez mais na loucura e no desespero, elas começaram a se arrepender de como haviam tratado Cinderela. Por seus olhos de moças, viam a história de um jeito diferente de quando eram crianças. Sentavam-se no quarto à noite e falavam sobre a infância, tentavam encaixar todas as peças. Perceberam que Cinderela não tinha sido tão horrível com sua mãe quanto haviam pensado naqueles primeiros dias; ela também era controlada por seu cruel e terrível pai. Mas a descoberta mais espantosa daquelas conversas de madrugada não puderam dividir com a mãe. Além do mais, já haviam desistido de tentar fazer a mãe ver as coisas do ponto de vista de Cinderela. Isso só lhe causava um acesso de fúria. Então guardavam aquele segredo no peito, e faziam o que a mãe lhes ordenava. Usavam os vestidos de noiva e ouviam os delírios dela. Foi só quando já não aguentavam mais viver feito espectros em um castelo assombrado que finalmente decidiram fazer algo para sair daquela situação. O futuro da mãe talvez estivesse perdido, mas elas ainda podiam lutar pelos próprios destinos.

Parecia um dia como outro qualquer. Tudo começou com Lady Tremaine sentada na decadente sala íntima do castelo. O cômodo estava escuro, mas a luz se infiltrava pelas cortinas roídas pelas traças, fazendo cintilar a poeira e as teias de aranha do ambiente.

A mãe esbravejava, e Anastácia e Drizela faziam o possível para evitá-la. Elas permaneciam no quarto, mas podiam ouvir a voz da mãe ecoando escada acima.

— Estraguei tudo. Arruinei minha vida e a vida das minhas filhas, tudo por um homem que só tinha lugar em seu coração para a esposa morta e para a própria filha.

Lady Tremaine conversava com um gordo gato preto e branco que a observava preguiçosamente enquanto ela falava.

— Estamos presas nesta casa desde que aquela horrorosa da Cinderela foi levada daqui pelo príncipe e se casou com ele! Minhas filhas e eu deveríamos estar naquele palácio em vez daquela garota tonta e simplória!

O gato piscou e continuou escutando a dona.

— Ela era maluca! Falava com camundongos, fazia roupas para eles. Era nojento! O que será que o rei acha de sua rainha encher o palácio com aquelas criaturas imundas?

— Mãe, com quem está falando? – perguntou Drizela. A garota permanecia na sombra, evitando os raios de sol que passavam pelos buracos de traças das cortinas.

Lady Tremaine estreitou os olhos, tentando enxergar a filha.

— Venha para a luz, querida, para que eu possa vê-la. – Drizela permaneceu onde estava. Era como uma estátua. Continuou imóvel, com medo de que a mãe a visse. – Faça o que digo, Zela! Agora! Pare de agir feito uma vampira idiota e venha para a luz! – Drizela saiu das sombras devagar. – Quero ver você, menina! Não só seus dedos dos pés!

E então ficou claro por que Drizela se escondia da mãe. O rosto de Lady Tremaine assumiu um tom vermelho de raiva.

— Ah, agora entendi. Já falamos sobre isso, Zela. E o que decidimos da última vez que discutimos o assunto?

— Que eu jamais desceria sem estar vestida de maneira apropriada – replicou a jovem assustada.

— Isso mesmo. Agora suba e troque já de roupa!

— Mãe, por favor! Não me faça usar aquele vestido outra vez! – Drizela parecia desesperada, mas a mãe arregalava os olhos conforme sua raiva crescia.

— Como pretende arranjar um marido se não sabe se vestir da maneira correta? – Sua voz estrondosa fez os diversos gatos malhados que moravam no castelo saírem correndo. – Suba e coloque o vestido adequado agora mesmo! – Drizela olhou para os próprios pés enquanto a mãe continuava a gritar. – Zela! Vá! Não quero vê-la outra vez antes que tenha se trocado! E mande sua irmã descer!

A senhora da casa observou a filha sumir na escada.

– Garota tola! – Ela arremessou uma almofada de veludo puída para o outro lado do cômodo. – Desculpe, querido – tranquilizou o gato assustado. – Venha cá, Lúcifer. Sinto muito por tê-lo assustado. Venha com a mamãe. – O gato foi gingando zangado até a dona. – Não me olhe assim. Já disse que sinto muito. O que faremos com aquelas garotas que se recusam a usar seus melhores vestidos e a arranjar maridos para que possamos sair desta miséria?

– Mãe, está falando com os gatos de novo? – perguntou Anastácia. Seus cachos ruivos caíam soltos pelos ombros, emoldurando seu rosto assustadoramente pálido e combinando com os lábios pintados de vermelho-vivo. – Sabe que esse não é o Lúcifer, não sabe? Ele morreu há muitos anos.

– Como ousa dizer que meu bebê morreu? Você não morreu, não é, meu querido? – Lady Tremaine acariciou o arrogante gato preto e branco, fingindo esquecer que a filha estava ali. – Não dê ouvidos a essa boba, Lúcifer. Você está ótimo.

– Mãe, já falamos sobre isso. Ele é só *parecido* com o Lúcifer.

– Tácia! Quantas vezes tenho que dizer que dei a ele o mesmo nome do pai? Agora pare de me tratar feito uma desmiolada! – O semblante de Lady Tremaine estava deformado pela raiva, mas, quando enfim fixou os olhos na filha, a visão de Anastácia em seu vestido de noiva a arrancou de sua loucura. – Ah, minha querida! Veja só! Está linda! Tácia, você será nossa salvadora, ao contrário de sua terrível irmã. Onde ela está? Zela! Desça agora mesmo!

Drizela desceu os degraus devagar. Tinha os olhos vermelhos e inchados de tanto chorar, e a maquiagem borrada.

CORAÇÃO GELADO

– Minha nossa, olhe só para você, Zela! Está linda! – Lady Tremaine levantou-se para admirar as filhas, paradas lado a lado em seus vestidos de noiva manchados e esfarrapados. Tinham um aspecto horrível: pálidas e doentias, como se nunca tivessem sido expostas à luz do sol. – Vejam só minhas belas meninas! Perfeitas como bonecas de carne e osso!

– Mãe! Não pode estar falando sério.

– Como assim, Zela? Lúcifer, vê algo errado no visual das minhas filhas? – O gato ranzinza piscou. – Viram só? Lúcifer acha que estão lindas! Qualquer homem que entrar nesta casa as achará lindas!

– Mãe, tenha dó! – as garotas disseram em uníssono. – Podemos ao menos lavar estes vestidos?

Lady Tremaine voltou a atenção para o gato, contemplando o animal e afagando-lhe as orelhas.

– E se um rapaz chegar enquanto os vestidos estão secando no varal? Perderão suas chances para sempre! Isso nunca! – exclamou, voltando a se dedicar ao gato.

– Mãe! Rapazes não vêm mais a esta casa; deixaram de vir há séculos! – disse Anastácia. – Sabe o que dizem de nós na vila? O que a Rainha Cinderela pensa quando chegam ao palácio notícias sobre o seu comportamento?

Lady Tremaine explodiu. Sua raiva era inflamável.

– Nunca mais diga o nome dessa garota na minha frente! Nunca! Estamos entendidas?

Mais uma vez, voltou a atenção para Lúcifer.

– Ah, meu bonitão, meu amor, meu único companheiro! O que faremos com essas ingratas? Sempre reclamando dos belos vestidos que comprei para elas quando ainda tinha esperança de que se casassem e nos tirassem desta prisão. E ainda defendem aquela horrível da Cinderela a cada oportunidade! – reclamou Lady Tremaine, olhando para o gato.

– Mas, mamãe, se apelássemos a Cinderela e lhe explicássemos o quanto lamentamos por tudo que aconteceu, talvez ela nos perdoasse e oferecesse ajuda – falou Anastácia.

– Sim, mamãe. Sei que ela nos perdoaria. Ela nunca teve a intenção de trair sua confiança, sei disso. Era apenas uma criança, não sabia o que estava fazendo – acrescentou Drizela.

Lady Tremaine virou a cabeça na direção das filhas.

– Como ousam defender Cinderela? Depois de tudo que ela fez! É por culpa dela que estamos presas aqui. Não quero mais ouvir falar nesse nome. Não quero! – exclamou ela, voltando a focar no gato.

– Ah, Lúcifer, o que farei com minhas filhas? Gastei o que restava de nosso dinheiro com essas mimadas, comprando para elas os mais belos vestidos de noiva, e agora é assim que me tratam? O que farei?

O gato piscou e miou em resposta, e Lady Tremaine inclinou a cabeça como se o entendesse.

– É mesmo, Lúcifer? Devo trancar essas ingratas no porão outra vez? Acho que farei isso! Vão aprender a obedecer a sua mãe.

– Mãe, não! Por favor! Não iremos de novo para o porão! Não mesmo!

– Façam o que eu mando, Drizela! – ordenou Lady Tremaine. – Sabem qual é o castigo por defenderem Cinderela. – Ela agarrou Drizela pelos cabelos e a arrastou até a escada que levava ao porão. – Como se atreve a me desafiar? Depois de tudo que fiz por vocês? São tão más quanto Cinderela! – Ela jogou a filha no chão e a imobilizou, tirando uma tesoura do bolso. – Vocês duas só sabem falar de Cinderela! *Cinderela isso, Cinderela aquilo! Não foi culpa dela, mas do seu pai! Ah, mamãe, sentimos muito pelo modo como a tratamos!* Bem, já estou farta! Não aguentarei mais isso!

Anastácia ficou paralisada enquanto via a mãe imobilizar a irmã. Ela queria tirá-la de cima de Drizela, mas o medo a impedia, e ela seguia vendo a mãe gritando para a irmã:

– Você é uma inútil, vocês duas são! Não conseguem fazer nada direito! Não conseguem nem mesmo usar os vestidos que comprei para vocês! *Ah, mamãe, estamos horríveis. Podemos tirar esses vestidos sujos?* Se acham que estão horríveis agora, esperem só para ver como ficarão quando eu acabar com vocês!

Para o horror de Anastácia, Lady Tremaine começou a cortar os cachos de Drizela.

– Traidora! – ela gritava repetidamente. – Acha que não conheço seus segredinhos, aqueles que sussurra no escuro todas as noites? Acha que sou idiota? Quem mais poderia ter contado a Cinderela que planejávamos ir embora senão você? Todos vocês me traíram! – ela berrou, cortando ainda mais os cabelos da filha.

– Mãe, não! – disse Anastácia, tentando afastar a mãe da irmã, mas Lady Tremaine virou-se e cortou seu braço com a tesoura. Anastácia gritou, recuando apavorada e horrorizada, enquanto observava Drizela lutando para se soltar.

# CAPÍTULO XIX

## FELIZES PARA SEMPRE

— Já chega! – bradou a Fada Madrinha, fechando o livro. – Não aguento mais ler. Babá, você tem razão. Temos que tirar as garotas daquela casa.

As outras fadas concordaram.

– Sim! Vamos logo, por favor. As Fadas Boas e eu ficaremos de olho nas Terras das Fadas enquanto você estiver longe! – sugeriu a Fada Azul.

– Isso, Fada Madrinha, vamos! – intrometeu-se Primavera. – Antes que aquela mulher horrenda as mate. Ela enlouqueceu. Eu não fazia ideia de que as coisas estivessem tão ruins assim por lá.

– Pobres garotas! – lamentou-se Flora.

– Eu me sinto péssima por elas. Talvez devêssemos ir todas juntas – acrescentou Fauna.

– Obrigada, minhas boas fadas, mas acho que Babá e eu conseguimos dar conta do recado. Isto é, se ela concordar em me acompanhar – disse a Fada Madrinha, olhando para a irmã.

– Claro que vou ajudá-la, minha irmã – concordou Babá. – Acho que nós duas estamos em falta com Anastácia e Drizela por não as termos protegido antes.

– De acordo, mas me recuso a ajudar a mãe delas. É uma mulher terrível, bestial – disse a Fada Madrinha.

– Tudo bem – acatou Babá. – Mas sabe tão bem quanto eu que é nossa culpa que ela tenha acabado desse jeito. Eu devia ter procurado o conselho mais cedo e ajudado a mulher antes de tudo desmoronar.

Para sua surpresa, a irmã concordou com ela.

– Sabe, nunca pensei que diria isso um dia, mas acho que as Irmãs Esquisitas estavam mesmo tentando ajudar Lady Tremaine – confidenciou a Fada Madrinha.

– É, acho que tem razão. É uma pena que elas pareçam conseguir sempre estragar tudo – disse Babá.

‡ ‡ ‡

Depois de enviar um bilhete a Cinderela, garantindo que ajudariam suas meias-irmãs, a Fada Madrinha e Babá subiram ao céu e voaram direto para a antiga residência de Cinderela. O castelo estava coberto de trepadeiras e caindo aos pedaços devido a anos de falta de cuidados. Assim que aterrissaram no pátio, a Fada Madrinha sentiu-se mal. A culpa era dela. Fora sua magia de fada que aprisionara as garotas naquela casa com sua terrível mãe, desperdiçando a juventude delas. Agora que havia lido o que Lady Tremaine era capaz de fazer com as próprias filhas, não se arrependia do que fizera à mulher. Mas Anastácia e

Drizela não mereciam aquilo. E ela estava pronta para consertar as coisas. Só esperava que não fosse tarde demais.

– Também me sinto péssima – disse Babá, adivinhando os pensamentos da irmã. – Eu devia tê-las protegido. Eu devia ter sido a fada madrinha delas. E devia ter ajudado a mãe delas quando ainda era possível.

A Fada Madrinha passou o braço em volta da irmã.

– Não podia fazer isso, querida. Como fada, tinha outra missão. E não vamos esquecer que você perdeu a memória. Eu devia ter lhe contado o que acontecera às Tremaine logo que você voltou para as Terras das Fadas. Se há uma culpada nisso tudo, sou eu. Mas estamos aqui para ajudá-las. E por sua causa, de agora em diante, as fadas também poderão usar seus poderes com outras pessoas além de futuras princesas, como você sempre quis. Esta história me mostrou que você sempre teve razão – disse ela, beijando a bochecha da irmã.

– Está falando sério? – perguntou Babá.

A Fada Madrinha riu.

– E tenho escolha? Você manda nas Terras das Fadas agora.

– Bem, suponho que você não tenha escolha então, mas fico feliz em tê-la ao meu lado – declarou Babá.

– Certo. Chega de papo. Temos trabalho a fazer – falou a Fada Madrinha, tirando a varinha da manga. Ela vestia a túnica azul com capuz, aquela que usara ao ajudar Cinderela anos atrás. Era perfeito. Um círculo que se fechava. – E será um trabalho duro. Veja só o estado desse lugar! – disse, indicando o castelo com um gesto.

Coração Gelado

– Ah, já consertamos coisa pior, minha irmã. Reconstruímos as Terras das Fadas inteiras e o Reino Morningstar depois que foram destruídos pela Malévola. Acho que damos conta – disse Babá, conduzindo a irmã pela mão enquanto se dirigiam à porta principal.

Dava para ver Anastácia e Drizela espiando-as pelas janelas do porão. As garotas estavam pálidas. Não era à toa que o pessoal da vila achasse que eram fantasmas. E em todo canto havia gatos malhados e filhotes de vários tamanhos zanzando, miando enfezados para as fadas.

– Devemos bater ou entrar direto? – perguntou Babá.

– Vamos bater. Não precisamos ser mal-educadas – sugeriu a Fada Madrinha.

Mas, antes que pudessem bater, a porta se abriu com violência, revelando o rosto colérico de Lady Tremaine.

– Já disse que não estou interessada em suas bruxarias! Fiquem longe da minha casa! – gritou Lady Tremaine.

A Fada Madrinha ficou chocada.

– Bem, para começar, está enganada. – A Fada Madrinha agitou as asas. – Não somos bruxas, senhora. Somos fadas do mais alto escalão! Agora nos deixe entrar, ou seremos obrigadas a usar nossa magia.

Lady Tremaine, porém, continuou gritando com elas.

– Não me interessa se são bruxas, fadas ou Hades em pessoa. Não entrarão na minha casa! Lembro de você do baile. E acha que me esqueci de você, Babá? Como ousa voltar aqui com sua irmã bruxa depois de todos esses anos, depois de se negar a me ajudar? Como ousou ter deixado minhas filhas e eu apodrecendo nesta espelunca! Por que está aqui agora? Veio finalmente roubar meu broche? Não o terá! Ele é meu, e não me separarei dele! Foi meu marido quem me deu. A única pessoa que já me amou de verdade. Não abrirei mão dele. De jeito nenhum.

— Lamentamos muito por como tudo terminou, Lady Tremaine, de verdade, e queremos consertar as coisas. Podemos entrar? Queremos ajudar você e suas filhas. Sabemos que elas estão no porão. Permite que a gente as traga para fora e dê a elas uma vida melhor? — Babá procurou no rosto da mulher sinais daquela senhora que havia conhecido. Mas tudo que viu foi raiva, tristeza e falsidade. Um coração frio.

Ela não podia ser ajudada, não podia ser salva.

— Então vocês têm usado sua magia para me espionar? Têm usado bruxaria! Acham que sou uma tonta desmiolada? Jamais deixarei que levem minhas filhas! Tudo que fiz foi por elas! Tudo! O que pretendem fazer? Libertá-las? E o que será de mim? — perguntou ela, avançando na direção das fadas com uma tesoura ensanguentada na mão, golpeando o ar e gritando.

— Já chega de você! — exclamou a Fada Madrinha, livrando-se de Lady Tremaine com sua varinha mágica.

Lady Tremaine sumiu no ar.

— O que houve com ela? O que você fez? — perguntou Babá, procurando Lady Tremaine.

— Depois eu conto. Agora temos que tirar as garotas do porão — falou a Fada Madrinha, usando a varinha para abrir a porta.

— Garotas! Podem sair. É seguro — chamou a Fada Madrinha. E então, devagar e hesitantes, duas jovens frágeis e maltrapilhas saíram do porão. Elas pareciam dois fantasmas assustados. Seus

## Coração Gelado

cabelos tinham sido cortados de qualquer forma, e seus rostos estavam inchados devido às longas horas de choro.

– Vieram nos ajudar? – perguntou Anastácia ao sair, com sua irmã, Drizela, logo atrás de si. – Como ajudaram Cinderela?

– Sim, queridas, viemos ajudá-las. Lamentamos pela demora – anunciou a Fada Madrinha. Ela agitou a varinha e os lindos cachos das garotas reapareceram. – Podem me perdoar? – perguntou a Fada Madrinha, abraçando as garotas.

– Você é nossa fada madrinha? – perguntou Drizela.

– Desejamos sua vinda todos os dias – acrescentou Anastácia.

– Sim, somos suas fadas madrinhas – informou Babá. – E temos um recado da rainha para vocês.

– Babá, é você! Voltou para nos ajudar. Torcemos para que viesse. Sentimos tanto a sua falta! – desabafou Drizela, deixando Babá com os olhos marejados.

– Sinto muito por ter demorado tanto para conseguir voltar para vocês, garotas. Espero que um dia possamos nos sentar para conversar, e então lhes contarei toda a história. Espero, de coração, que possam me perdoar – falou, abraçando as moças.

– Babá, disse que a rainha tem um recado para nós? A Rainha Cinderela? Foi ela quem a mandou aqui? – perguntou Anastácia.

– Sim, querida. Ela nos mandou aqui para ajudá-las – confirmou a Fada Madrinha.

– E ela dará um baile para homenageá-las, para recebê-las na corte. Convidou todos os rapazes solteiros – falou Babá.

As garotas começaram a chorar.

– Qual é o problema? – perguntou a Fada Madrinha. – Por que estão chorando?

202

– Olhem só para nós! Não podemos ir ao palácio desse jeito. E quem disse que queremos ir a um baile ou mesmo nos casar? – falou Drizela.

– A decisão é de vocês, obviamente – disse Babá.

– Ah, mas é claro que querem ver sua irmã – intrometeu-se a Fada Madrinha –, e depois podem decidir se querem ficar lá com ela ou voltar para cá. Isso fica a cargo de vocês.

– Acho que prefiro voltar para a Inglaterra depois que nos desculparmos por tudo que aconteceu – sugeriu Anastácia.

– Eu também. Mas como fazer isso? Como poderemos encarar Cinderela depois de tudo que lhe fizemos? – acrescentou Drizela em meio às lágrimas.

– Ah, minha querida – disse a Fada Madrinha. – Cinderela me contou uma coisa há muitos anos, no dia de seu casamento. Contou que entendia por que vocês e sua mãe a odiavam. Na época, não compreendi aquelas palavras. Mas, depois que li a história de vocês, acho que entendi.

– Acha mesmo que ela nos perdoará? – perguntou Anastácia.

– Ah, querida, ela já as perdoou – respondeu Babá. – E espero que vocês também a perdoem – acrescentou, segurando as mãos das garotas.

– Ah, Babá! – exclamou Anastácia. – Sentimos tanto a sua falta. – Ela abraçou a velha senhora outra vez. – Mas não podemos ir ao palácio desse jeito!

– Queridas, é para isso que servem as fadas madrinhas! – exclamou a Fada Madrinha, dando uma piscadinha para Babá.

– Sei que quer cantar aquele bibbidi-bobbidi-boo! Cante! – disse Babá.

CORAÇÃO GELADO

A Fada Madrinha estava feliz como há muito tempo não se sentia. Cantando as palavras mágicas e agitando a varinha, realizando desejos e consertando as coisas, mas agora era a vez de sua irmã, Babá. Fazia tempo que sonhava em um dia usar magia com a irmã, e agora seu sonho se tornara realidade. Antes que se dessem conta, toda a casa estava bela de novo, como fora anos atrás. Assim, de repente.

– Compreendemos se não quiserem mais morar aqui, mas são bem-vindas se quiserem ficar, é claro. Cinderela disse que a casa é de vocês. Mas basta uma palavra e arranjaremos outro lugar para ficarem, ou as mandaremos de volta à Inglaterra. Realizaremos seus desejos – disse a Fada Madrinha, notando a carruagem real que acabava de chegar.

Anastácia e Drizela estavam maravilhadas.

– Venham, garotas. A carruagem as levará para ver sua irmã no palácio real. Ela as aguarda. – A Fada Madrinha conduziu as moças até o veículo.

– Mas… – disse Drizela.

– Nada de "mas". Cinderela está muito animada para vê-las – falou ela, empurrando as garotas até a porta da carruagem.

– Mas, Fada Madrinha – argumentou Anastácia –, não estamos vestidas de maneira adequada.

– Ah, sim, os vestidos. Sempre me esqueço – falou a Fada Madrinha com uma risada, lembrando-se de como anos atrás deixara o vestido de Cinderela para o último instante. – Babá, quer fazer as honras desta vez? – perguntou.

– Com prazer – afirmou Babá, conjurando belos vestidos de festa para Anastácia e Drizela. A Fada Madrinha notou que a irmã estava gostando daquela coisa de magia de fadas, era natural para ela, e sorriu ao vê-la feliz outra vez depois de tudo pelo que passara em suas outras missões. As duas fadas deram um passo para trás e ficaram admirando seu trabalho, pensando que Lady Tremaine tinha razão: suas filhas eram lindas. Elas estavam adoráveis nos vestidos novos. Anastácia usava um volumoso vestido carmim com um elaborado brocado dourado, enquanto Drizela usava um traje cor de berinjela com detalhes prateados. Estavam deslumbrantes.

— Vocês estão perfeitas. Absolutamente incríveis — disse a Fada Madrinha.

— Verdade, Fada Madrinha? Acha mesmo? — perguntou Anastácia.

— Claro, queridas — respondeu, antes que as garotas cobrissem Babá e ela própria de abraços e beijos.

— Muito obrigada! — agradeceram as irmãs em uníssono, subindo na carruagem.

— Esperem! Estamos esquecendo uma coisa — lembrou a Fada Madrinha, lançando faíscas nos pés das garotas. — Não podemos esquecer dos sapatinhos de cristal! — falou. — Agora sim estão mesmo perfeitas! Ah, sim, e aqui está o convite real. — Ela deu o convite a Anastácia. — Entreguem isso aos guardas quando a carruagem chegar ao palácio. E digam a Cinderela que eu a amo.

— Vocês não vêm com a gente? — perguntou Drizela.

— Ah, não, querida. Pretendemos encher seus armários de belas roupas e pensar no que fazer com todos esses gatos! Ainda temos muito trabalho. Mas não se preocupem. Cinderela cuidará bem de vocês. E, se um dia precisarem de algo, façam um pedido a uma estrela e prometo que apareceremos – disse a Fada Madrinha.

Anastácia e Drizela deram um beijo na bochecha das fadas madrinhas.

– Agora vão. Não deixem sua irmã esperando – falou Babá com lágrimas nos olhos. – E não se preocupem. Esse encantamento nunca acabará. Sua carruagem não virará abóbora – disse ela, rindo.

– Mas, Fada Madrinha, o que acontecerá com nossa mãe? Ela voltará? – perguntou Drizela de dentro da carruagem.

A Fada Madrinha sorriu para as garotas.

– Não se preocupem com ela. Prometo que não as machucará de novo. Agora vão logo para o palácio! Babá e eu temos coisas importantes a fazer! – disse ela, enquanto a carruagem levando Anastácia e Drizela se afastava. As garotas acenavam e sorriam para as fadas madrinhas.

– Adeus, garotas. Divirtam-se no palácio – disse a Fada Madrinha, observando-as à distância.

– Estou muito orgulhosa de você, irmã – falou Babá, abraçando a Fada Madrinha. – A propósito, *o que* você fez com Lady Tremaine?

– Vou lhe mostrar – respondeu a Fada Madrinha com um sorriso travesso. – Ela está onde é seu lugar. Quase a mandei para o porão – falou, conduzindo Babá até o antigo quarto de Cinderela no sótão. – Mas decidi que o sótão era melhor.

Babá não pôde disfarçar uma expressão de surpresa. No centro do cômodo viu Lady Tremaine, congelada eternamente no tempo, com a mão no broche e o gato Lúcifer aos seus pés.

– Você a transformou em uma estátua? – perguntou Babá.

– Sim – respondeu a Fada Madrinha, rindo ao notar que alguns camundongos haviam feito ninho nos cabelos de Lady Tremaine.

Enfim Lady Tremaine encontrava-se fria, sólida e imóvel, como sempre desejara ser.

FIM

— Sim — respondeu a Lady Madrinha, rindo ao notar que
alguns camundongos navalcateiro ninho nos cachos de Lady
Pretinha.

Enfim! adv. Tornando encontrava-se tão sólida e imóvel
como sempre desejará ser.

FIM